中华
ZHONGHUA HUN
魂

百部爱国故事丛书

反帝反封建运动

——五四青年的爱国故事

周丽艳　程　珺　编著

吉林人民出版社

图书在版编目（CIP）数据

反帝反封建运动：五四青年的爱国故事／周丽艳，

程珺编著.--长春：吉林人民出版社，2011.3（2021.8 重印）

（中华魂·百部爱国故事丛书）

ISBN 978-7-206-07495-0

Ⅰ.①反… Ⅱ.①周… ②程… Ⅲ.①故事—中国—

当代 Ⅳ.① I247.8

中国版本图书馆 CIP 数据核字 (2011) 第 031935 号

反帝反封建运动
——五四青年的爱国故事

FAN DI FAN FENGJIAN YUNDONG
　　——WUSI QINGNIAN DE AIGUO GUSHI

编　　著：周丽艳　程　珺
责任编辑：王一莉　　　　　封面设计：孙浩瀚
制　　作：吉林人民出版社图文设计印务中心
吉林人民出版社出版 发行（长春市人民大街7548号 邮政编码：130022）
印　　刷：北京一鑫印务有限责任公司
开　本：787mm×1092mm　 1/16
印　张：8　　　　字　数：64千字
标准书号：ISBN 978-7-206-07495-0
版　次：2011年3月第1版　　 印　次：2021年8月第2次印刷
定　价：35.00元

总　序

　　《中华魂》是一套故事丛书。它汇集了我国自鸦片战争以来一百八十余年间的近百位民族英雄、仁人志士、革命领袖、先进模范人物的生动感人事迹，表现了他们作为中华儿女的伟大的爱国主义精神。

　　爱国主义是人们对于"生于斯、长于斯、衣食于斯"的祖国的一种神圣感情，是人们对于自己民族的一种强烈的责任感和使命感，是感召和激励整个中华民族的一面永不褪色的旗帜。在一百多年的中国近现代史上，爱国主义一直激励着中华儿女为祖国的独立、统一、进步和繁荣而英勇奋斗。从"苟利国家生死以，岂因祸福避趋之"的林则徐，到"我自横刀向天笑，去留肝胆两昆仑"的谭嗣同;从"铁肩担道义,妙手著文章"的李大钊,到"青春换得江山壮,碧血染将天地红"的赵一曼;从"县委书记的好榜样"的焦裕禄,到"问鼎长天,扬我国威"的邓稼先……都表现出了强烈的爱国主义精神。正是由于热爱祖国的人们前仆后继地奋斗,国家和民族才得以生存,才能够在一次次历史危急关头转危为安,走向兴盛和富强,从而屹立于世界民族之林。爱国主义是鼓舞中华儿女历经忧患、跨越沧桑、百折不挠、自强不息的伟大力量,它贯穿于中华民族的整个历史,并有力地凝聚着五洲四海的中国人。

爱国主义是一个历史的范畴,在社会发展的不同阶段、不同时期有不同的具体内容。革命时期,需要我们为祖国的独立自主出生入死;建设时期,需要我们为祖国的繁荣富强增砖添瓦。在全国各族人民团结一心,开启全面建设社会主义现代化国家新征程的今天，我们要争做一名新时期的爱国者。新时期的爱国者要有强烈的民族自尊心、自豪感。民族自尊心、自豪感是任何时期、任何爱国者都必须具备的情感。民族自尊心能增强我们自立向上的恒心，民族自豪感能树立我们建设祖国的信心。要树立"祖国高于一切"的崇高信念，为了祖国和人民的利益不惜抛却个人的利益，甚至不惜牺牲个人的生命。我们要树立终身学习的理念，拓宽自己的知识面，广泛吸收新知识、新技术，完善自身的知识结构，更新学习知识的方法与理念，从思想上、知识上充分武装自己，为祖国的繁荣昌盛贡献力量。

　　爱国主义思想的继承和发扬，是关系到民族盛衰、国家兴亡的根本问题。爱国主义思想情操的形成，需要不断地培养。培养爱国主义精神的一个重要途径是向英雄人物和典范事迹

学习和致敬。这套丛书的出版,对于青少年向
英雄和先进人物学习,特别是对于在中小学生
中进行爱国主义教育是不可多得的生动的教
材。祝愿此书出版发行成功,为培养时代新人
做出贡献。

胡维革

中华魂
百部爱国故事丛书

编 委 会

策　划：胡维革　吴铁光

　　　　林　巍　冯子龙

主　编：胡维革　邢万生

副主编：贾淑文　杨九屹

编　委：（按姓氏笔画为序）

　　　　于二辉　刘士琳

　　　　刘文辉　孙建军

　　　　李艳萍　吴兰萍

　　　　谷艳秋　隋　军

内惩国贼，外争国权，打倒帝国主义！提倡新文学，打倒旧文学，为自由而战，为争人权而战。

——"五四运动"口号

目　录

"五四运动"概述

　　"五四运动"一般指1919年5月4日发生于中国北京的以青年学生为主和广大群众、市民、工商人士等中下阶层广泛参与的一次示威游行、请愿、罢课、罢工、暴力对抗政府等多形式的爱国运动。起因为"巴黎和会"中，列强肆意践踏中国主权，把山东权益转让给日本，即山东问题。它和较早兴起的"新文化运动"一并成为中国历史上一次规模庞大、影响深远的政治思想文化运动，对中国近代迄今之政治、社会、文化、思想影响甚巨。在台湾教科书中，"五四运动"与"新文化运动"多并为一谈，一般民众亦皆称两者合为"五四运

《五四运动画传》

动"，可视为广义的"五四运动"定义。

"五四运动"游行前，天突然下起了雨，很多人认为不吉利，想取消游行，这时闻一多站了出来，说："周武王伐商时，也是突然下起了雨，有人认为不吉利，但是占卜的人说'这是天洗兵'，闻一多振臂高呼：这是'天洗兵'！老天爷助我们成功！不怕死的都跟我来啊！"于是大家一致响应，冒雨出发。

1911年，辛亥革命推翻了清朝政府的统治，结束了两千年的封建帝制，但是，帝国主义和封建主义这两座大山，却仍然压在中国人民的头上。窃国大盗袁世凯篡夺了革命的果实，又在1915年，为实现他的皇帝梦而接受了日本帝国主义灭亡中国的"二十一条"，使中国面临民族存亡的紧急关头。袁世凯死后，各帝国主义支持的各派军阀连年混战，给人民带来了无穷的灾难，正是在这种情况下，中国发生了新的变化。

在1914年至1918年第一次世界大战期间，由于欧洲帝国主义忙于战争，暂时放松了对中国的侵略和压迫，中国的民族资本工业在这时有了比较迅速的发展，中国工人阶级的队伍也壮大起来了，产业工人的数目由1913年的约65万人发展到1919年的200万人左右。中国工人阶级的壮大和参加斗争，是"五四运动"能够取得胜利的主要因素。

"五四运动"发生前，军阀势力利用封建思想禁锢人们的头脑，推崇作为封建专制制度精神支柱的孔孟之道，借以维持统治。严酷的现实引发当时先进分子的反思，他们认为，辛亥革命由于忽视了思想文化战线上反对封建主义的斗争，致使革命成果遭到破坏。因此，为了完成改造社会的使命，必须"冲决过去历史之网罗，破坏陈腐学说之囹圄"。于是，作为"五四运动"的先导，标志着中国人民新觉醒的"新文化运动"便应运而生。

1915年9月，陈独秀在上海创办《青年杂志》（1916年起改名《新青年》），标志着"新文化运动"

的兴起。"新文化运动"的基本口号是"民主"和"科学",提倡新道德,反对旧道德;提倡新文学,反对旧文学,是中国近代史上未曾有过的思想解放运动,它为适合中国社会需要的新思潮的传播开辟了道路,为"五四运动"的发动作了思想准备。

1917年俄国十月社会主义革命的伟大胜利,为中国革命指明了道路。正如毛泽东同志在《论人民民主专政》一文中所说:"十月革命一声炮响,给我们送来了马克思列宁主义。十月革命帮助了全世界和中国的先进知识分子,用无产阶级的宇宙观作为观察国家命运的工具,重新考虑自己的问题。走俄国人的路——这就是结论。"

"五四运动"前夕,中国的社会情况可以说是"山雨欲来风满楼"。不久,"五四运动"就由"巴黎和会"

作为导火线而爆发了。

民初以来的反日以及国耻情绪

1914年第一次世界大战爆发，日本借口对德宣战，攻占青岛和胶济铁路全线，控制了山东省，夺去德国在山东强占的各种权益。

1915年，日本提出"二十一条"，北洋政府在5月9日，接纳了其中大多数的要求，这原本日方要求保密的协定，为新闻界所得知，激起了民族主义的情绪，使中国知识分子及民众对于日本以及"卖国"的政府强烈的不满，被认为这是国耻，同时也引发了不少反日的活动，这种情绪在"五四运动"中进一步发展而发挥作用。

看守被捕学生的军警住处—帐篷

1917年8月14日，北京政府向德国宣战，成为第一次世界大战的"参战国"。

1918年初，日本向段祺瑞控制下的北京政府提供了大量贷款，

并协助组建和装备一支中
国参战军，其贷款还被用
于国会庞大的贿选开支。

9月，北京政府与日本
交换了关于向日本借款的
公文，作为借款的交换条
件之一，又交换了关于山
东问题的换文，其主要内

容为：1.胶济铁路沿线之日本国军队，除济南留一部
队外，全部均调集于青岛；2.关于胶济铁路沿线的警
备：日军撤走，由日本人指挥的巡警队代替；3.胶济
铁路将由中日两国合办经营。北京政府在换文中，对
日本的提议"欣然同意"，驻日公使章宗祥向日本政府
亲递换文，后来被北京学生痛殴。中国对德宣战，与
日本同为战胜国，但德国在山东的权益没有收回，反
而被日本扩大了，这一换文成为"巴黎和会"上日本
强占山东的借口。

1918年大战结束，德国战败。

1919年1月，第一次世界大战战胜国在法国巴黎
召开"和平会议"，中国曾经在战争期间对德宣战，也
算是战胜国之一，因而派出了陆征祥、王正廷和顾维
钧等五人组成的代表团参加，但"巴黎和会"不顾中

国也是战胜国之一，决定将德国在中国山东的权益转让给日本，此消息传到中国后，北京学生群情激愤，学生、工商业者、教育界和许多爱国团体纷纷通电，斥责日本的无礼行径，并且要求中国政府坚持国家主权。在中国人民舆论的压力下，中国代表向"和会"提出废弃势力范围、撤退外国军队、裁退外国邮政电报机关、撤销领事裁判权、归还租借地、归还租界、关税自主等七项条件，提交了关于山东问题的说帖，要求归还中国在山东的德租界和胶济铁路主权，以及要求废除"二十一条"等合法条件。结果，英、美、法、日、意等国不顾中国呼声，在4月30日终于签订《协约国和参战各国对德

学生游行

和约》，即"凡尔赛和约"，仍然将德国在山东的权利转送日本。"巴黎和会"中国外交失败，直接引发了中国人的不满。所谓"和平会议"，实质上是一个帝国主义的分赃会议，其目的是重新分配殖民地和划分势力范围，但当时，许多中国人，包括一些进步的知识分子，对"巴黎和会"的本质还认识不清，对于帝国主义、尤其是美、英帝国主义抱有幻想，认为美、英帝国主义的胜利是什么"公理战胜强权"，把美国总统威尔逊看作"现在世界上第一个大好人"。他们以为"巴黎和会"可以使中国摆脱帝国主义的奴役，这种想法当然是十分天真的。

5月1日，北京大学的一些学生获悉"和会"拒绝中国要求的消息，当天，学生代表就在北大西斋饭厅召开紧急会议，决定5月3日在北大法科大礼堂举行全体学生临时大会。

5月3日，中国外交失败的消息在报上发表，全国群情激昂，人们的悲愤再也不能抑制下去，一个声势浩大、规模壮阔的爱国运动终于爆发。晚上，北大法科大礼堂挤满了学生，听到演讲者讲述中国在"和会"上外交失败的情形，都捶胸顿足、愤慨万分。有一个北大学生，当场咬破中指、撕破衣襟，血书"还我青岛"四个大字，悬挂在会场的台前，表示爱国的决心。会议一致通过：一、通电全国，联合各界一致行动，誓死力争；二、致电巴黎的中国代表，决不签字；三、通电各省于5月7日（纪念"二十一条"的国耻日）举行全国游行示威等决议，并决定次日（4日）联合北京各校学生在天安门举行游行示威。5月4日，北京三所高校的3000多名学生代表冲破军警阻挠，云集天安门，他们打出"还我青岛""收回山东权

游行

反帝反封建运动

——五四青年的爱国故事

利""拒绝在'巴黎和会'上签字""废除二十一条""抵制日货""宁肯玉碎，勿为瓦全"等口号。

在国内，上海的南北和谈已经中止了一月有余。江苏督军李纯苦心调停，提出五条办

法，请双方施行，唐绍仪见陕西迟迟没有停战，也就一直拖延下去，后来张瑞玑发来电报，说陕西确实已经停战，李纯又邀请湖北、江西二省出面，联合上海的53个团体，催促南北双方赶紧议定和局，一致对外。此时，北京传出警报，说各校的学生为了"巴黎和会"中的山东问题起来闹事，手段非常激烈，对付的目标就是亲日派中的曹、章、陆三人。从前，中日签订的各种条约，多由曹、章、陆三人经办（曹汝霖：经手签订"二十一条"的军阀政府的交通总长；章宗祥：驻日公使，出卖胶济铁路经营权、济顺和高徐两铁路修筑权给日本的经手人；陆宗舆：币制局总裁，1915年的驻日公使，向日本进行各种借款的经手人），海内人士都将他们视为汉奸，就是留学日本的学生，

也极力反对章宗祥。

此次巴黎会议，中国专使陆徵祥赴欧洲路过日本时，和章宗祥有过密谈，陆徵祥走后，政府又派王正廷、顾维钧等人出席。在巴黎会议中，这些委员极力反对山东问题，就连章宗祥和日本关于山东境内济顺及高徐两条路所订立的合同，也一并反对。章宗祥怕无法向日本交代，于是暗中和曹汝霖通信，要他在政府里活动活动，召回那些持反对意见的委员，曹汝霖接信后，马上设法召章宗祥回国。

偏偏这件事被上海时事新报及东京时事新闻探悉，骤然刊登出来，顿时激起了留日中国学生的公愤，马上给上海各报馆、机关、团体通报，上海各大报馆将

高师学生上街演讲

反帝反封建运动

——五四青年的爱国故事

文章登了出来，曹、章两人的阴谋即刻曝光。这样一闹，章宗祥回国的行程就受阻，他想继续留在日本，但政府方面已经命令他马上回国，他的职务由参事官庄景珂暂且代理。章宗祥不得不准备离开，在东京中央新桥车站，被几十名留学生围攻，骂得他狗血淋头。

好不容易回到北京，马上和曹汝霖、陆宗舆等人私下商议，还想调动顾、王几位委员回来。这里还没有落实，留学日本的学生团体，又将一篇声讨卖国贼的电文传回国内，因为这一篇文章，激起了北京学生的公愤，纷纷聚会游行，声讨卖国贼。此时，游行的学生们整顿好队伍后，便准备到东交民巷去见各国驻京公使，请求协助中国，索回青岛。警察总监吴炳湘，坐了一辆摩托车，亲自前来拦阻，学生们并不理睬，一直向东交民巷进发，吴炳湘见学生人多势众，众怒难犯，只好眼睁睁地看着他们过去。

游行队伍拥入东交民巷，在美国使馆前排好队，推举罗家伦等四人为代表，向美国使馆递交了意见书，然后转往英、法各使馆，也递交了意见书，到达日本使馆时，突然遇上日本警卫阻拦，不准通行。

游行队伍由东向北，穿过了长安街及崇文门大街，走到曹汝霖的住宅前，高呼曹汝霖是卖国贼！曹家的看门人十分惊慌，马上关了门，附近的军警不得不为曹部长帮忙，数十名军警飞奔而来，在大门前站成一排。学生们全然不顾这一切，立即上前敲门，要求曹汝霖出来给大家一个交代，军警马上拦阻，双方发生了冲突，军警寡不敌众，哪里压得住学生的锐气，只能眼睁睁地看着学生们开展行动。

学生们绕到屋后，拾起地上砖头，将窗户击碎，趁势将旗帜抛了进去。正在乱哄哄的时候，前门忽然开了，学生们乘势鱼贯而入，到了前面大厅，呼叫曹汝霖出来见面。等了一阵，并没有人出来，环顾左右，也没有看见曹家的仆人，只见厅上摆设整齐，桌椅几乎都是红木紫檀制成的，学生们顿时动了怒，一声呐喊，开始乱砸起来。

忽然，有人发现了一条甬道，里面正是曹家花园，拥进去一看，内厅里有几个东洋人，和一个穿着东洋装的中国人坐在那里，好像没事一般。学生们上前一看，正是汉奸章宗祥，于是纷纷责问他为什么要卖国求荣，章宗祥还没有说话，旁边的几个日本人马上站了起来，怒视着那些学生，章宗祥仗着有日本人撑腰，还稳稳当当地坐着没动，这一下，学生们愤怒了，不知是谁喊了一声"打"，顿时拳头如雨点儿一般落在章宗祥身上。

章宗祥无法挣脱，挨了一顿老拳，那几个日本人

反帝反封建运动

五四青年的爱国故事

也着了慌，急忙护着章宗祥从后门逃命去了。学生见有外人在旁，怕一时混乱打了外国人，惹出外交纠纷，于是就放过了章宗祥，去找曹汝霖。四处找了一阵，并没有曹汝霖的踪迹，只好将怒气发在曹家的家具上，乱砸了一会儿，警察总监吴炳湘进来了，指挥军警扶曹家的妇女上了摩托车，由巡警武装卫护，躲到陆宗舆家。

　　陆宗舆是汇业银行的经理，银行又是和日本人合伙儿，开在东交民巷的使馆内，所以陆氏家眷也住在东交民巷，学生不能去那里闹事，陆宗舆才躲过了一劫。学生们找不到曹汝霖，便用预先携带的火柴，将屋内易燃的帐子、挂画、信件集中起来，点燃了火，火势渐渐蔓延开来，火光一片，笼罩了整个赵家楼（"火烧赵家楼事件"）。一群军警一边救火，一边对着学生放空枪。游行的队伍顿时乱了起来，这些手无寸铁的学生，乱哄哄地冲出曹家，向学校跑去，而一些年幼体弱的学生，如易克嶷、曹允、许德珩等19人，竟被巡警抓回警察厅，关押了起来，其中又以北京大学的学生最多。其实，当游行队伍到达曹家时，曹汝霖正在家中与章宗祥等人密谈，突然听说学生到来，顿时慌了手脚，只得跳墙逃命，一不小心摔伤了腿，十分狼狈地逃进六国饭店去了，而章宗祥挨了一顿打，又气又痛，又愧又悔，又好像哑巴吃黄连，有苦说不出。

总统徐世昌接到报告，知道众怒难犯，虽然曹家被毁，几位官员都受了伤，一时也不便处理，于是想出了一条绝妙的通令，既不替曹、章二人申冤，又不责备学生，反而训斥了警察总监吴炳湘一顿，要他惩戒几个警察人员，

「五四运动」中学生上街游行

给双方一个交代。

谁知吴炳湘不肯服从命令，又将学生如何滋扰，不服警察拦阻，明明是学生的过错等理由，请求内务部转达总统，要求严办学生。再加上曹、章手下一帮人，也替曹、章陈述冤情，请政府依法惩办学生，逼得徐总统没有回旋的余地，只得再次下令，要将当场逮捕的滋事学生，送交法庭依法处理。

北京大学校长蔡元培，亲自前往警察厅保释学生，总监吴炳湘出来发话，保证绝不虐待学生，等章宗祥公使的病有起色后，便释放那些学生。后来政府方面怪罪吴炳湘，他不得不将罪责加在学生头上，推卸责任，结果，政府又下令将逮捕的学生送交法庭惩办。北京大学的学生当然再次请求蔡校长，再去和警察厅交涉，蔡校长往返数次，都被吴总监挡了驾，于是，蔡校长愤怒之下，提出辞职，离开北京，教育总长傅增湘随后也提出辞职。

穿洪宪朝服的徐世昌

曹汝霖得知消息，还认为是傅、蔡两人袒护学生，也愤然提出辞呈，自愿去职，这样一来，陆宗舆和章宗祥也纷纷辞职，就连内务总长钱能训也坐不住了，紧接着提出辞职。几份辞职书递进总统府，徐总统慌了手脚，不得不派人挽留。

当时，交通次长曾毓隽等人，本来是段祺瑞一派，一听说学生闹事，马上与陆宗舆联名，邀请徐树铮进京，商量严惩的方法。徐树铮观察了政府及各方面的形势，见多数人都主张从缓处理，所以不愿出头，和段祺瑞一起冷眼旁观。

在日本，我国的留学生也纷纷响应。留学生到处寻找会场，均被日本警察阻止，于是决定在驻日使馆内开会，免得日本人干涉，没想到，代理公使庄景珂面有难色，不好当面拒绝，在那里支支吾吾地应付，等代表走后，他马上通知了日本报馆，否认留学生在这里开会。当天，使馆内外，巡警宪兵层层密布，如临大敌，留学生们无奈，只得决定分队游行，向各国驻日公使馆中递送公理书。天亮后，2 000多名留学生分为两组，一组从葵桥下车，一组从三宅坂下车，整队进行。

走到半路上，日本巡警突然冲出来，驱赶游行队伍，打伤了许多学生，并且还逮捕了几名学生代表，

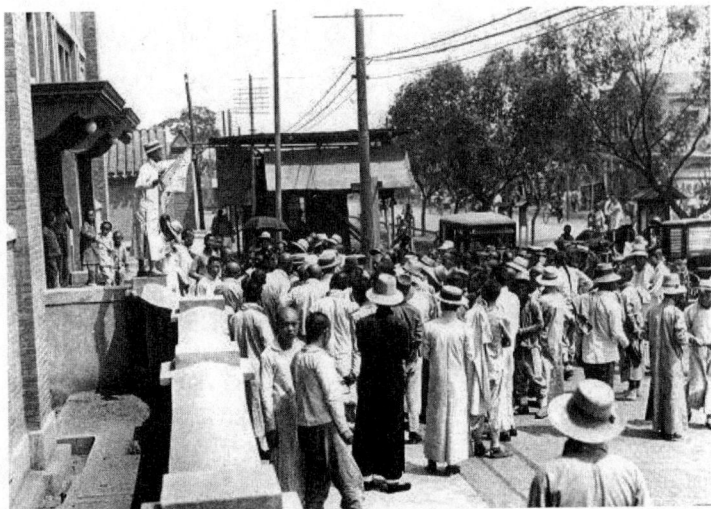

许多人被打得奄奄一息。著名的留学生山东人杜中身受重伤，湖南小学生李敬安才10岁左右，也遭到了毒手，生命垂危。学生们手无寸铁，只得回到中国青年会馆避难，青年会干事马伯援召开临时职员会，商议办法，又派人去见代理公使庄景珂和留学生监督江庸，请他们出面与日本政府交涉。

5月7日，北京、天津、上海、南京、武汉、长沙、广州、重庆等地学生都在这一天举行了大规模的集会和游行示威，运动在全国范围内迅速传播开来。

5月9日，军阀政府以为风潮已过，下令为卖国贼曹汝霖、章宗祥、陆宗舆辩护，并传讯被释放的学生，追究5月4日行动的主使人。

北京学生们对反动政府这种反人民的措施愤怒之

极，5月19日，北京各校学生同时宣告罢课，并向各省的省议会、教育会、工会、商会、农会、学校、报馆发出罢课宣言。天津、上海、南京、杭州、重庆、南昌、武汉、长沙、厦门、济南、开封、太原等地学生，也在北京各校学生罢课以后，先后宣告罢课，支持北京学生的斗争。

北京学生在罢课以后，一方面派代表到全国各地联络，商讨采取一致行动，发动更大规模的斗争；另一方面组织演说团，在群众中广泛宣传。自此以后，北京全城的街道、胡同、游艺场所都有学生活动。军阀政府则采取极其野蛮无理的手段，制止学生们的各项爱国活动，不许学生举行会议，检查新闻、查封报

看守被捕学生的士兵

反帝反封建运动
——五四青年的爱国故事

馆，步兵和马队在街上往来巡逻，逮捕学生。

5月21日，日本驻华公使提交"紧急照会"，威胁军阀政府，要加紧镇压学生运动。

5月25日，教育部开会：限各校学生三日内复课，否则将予以严厉镇压。

军阀政府大肆逮捕爱国学生的消息，迅速传到全国。从广东到黑龙江，爱国运动的浪潮在20多个省份的150多个大中小城市掀起。从此，"五四运动"转入了一个新的阶段，运动的中心从北京移到上海；运动的主力，也由青年知识分子扩大到工人阶级。

首先发动罢工的是中国产业工人最集中的地区——上海。

"火烧赵家楼"学生游行活动受到广泛关注，各界人士给予关注和支持，抗议逮捕学生，北京军阀政府颁布严禁抗议公告，大总统徐世昌下令镇压，但是，学生团体和社会团体纷纷支持。

6月，由于学生影响不断扩大，《五七日刊》和学生组织宣传，学生抗议不断遭到镇压。3日，北京数以千计的学生涌向街道，开展大规模的宣传活动，被军警逮捕170多人，学校附近驻扎着大批军警，戒备森严。4日，逮捕学生800余人，此间引发了新一轮的大规模抗议活动，皮鞭和警棍，刺刀和监牢没有使爱国学生屈服，反而更增强了他们反帝爱国的斗志。5日，全市出动了5 000多学生，其中还有许多中学生，他们组成了3个纵队，到处进行讲演，连警察厅门前的马路也成了活动的地点。同学们都带着行李、用具，准备坐牢，迫使警察也束手无策。上海日商的内外棉第三、第四、第五纱厂、日华纱厂、上海纱厂和商务印

「五四运动」图片宣传

反帝反封建运动
——五四青年的爱国故事

书馆的工人全体罢工，参加罢工的有两万人以上。6月6日、7日和9日，上海的电车工人、船坞工人、清洁工人、轮船水手也相继罢工，罢工工人总数前后约有六七万人之多。上海工人阶级的罢工风潮，迅速波及各地，京汉铁路长辛店工人、京奉铁路工人及九江工人都举行罢工和示威游行。在工人罢工、学生罢课的推动下，工商业资本家也加入了斗争的行列，举行罢市，但他们不敢对帝国主义和封建势力作坚决的斗争，主张"文明抵制"，张贴"幸勿暴动"的标语，甚至还对帝国主义提出"秩序井然"的保证。全国22个省150多个城市都有不同程度的反映。

6月11日，陈独秀、高一涵等人到北京前门外闹市区散发《北京市民宣言》，声明如政府不接受市民要求，"我等学生、商人、劳工、军人等，唯有直接行动以图根本之改造"，陈独秀因此被捕，各地学生团体和社会知名人士纷纷通电，抗议政府的这一暴行。

"五四运动"发展成为全国范围的革命运动后，北洋军阀政府大为震撼。工人罢工、商人罢市，使经济生活几乎陷于停顿，对军阀政府的反动统治更是意味着致命的严重威胁。上海的工商学各界联合会也打电报给北洋军阀政府，要求严惩卖国贼，反对在和约上签字。爱国运动汹涌澎湃地发展着，一个浪头比一个浪头猛烈，一天比一天高涨。军阀政府眼看"自身难保"，不得不批准曹汝霖、章宗祥和陆宗舆三贼辞职。这是"五四运动"的初步胜利，但拒绝和约问题还没有解决。

反帝反封建运动

——五四青年的爱国故事

拘捕演讲学生的军警

上海成立学生联合会。6月12日以后，工人相继复工，学生停止罢课。14日，天津学生联合会成立。广州、南京、杭州、武汉、济南的学生和工人也给予支持。

6月28日和约签字的那一天，中国的留法学生和工人包围了中国代表的寓所，代表被迫拒绝在和约上签字，这个消息传遍全世界，帝国主义国家大为震动。至此，"五四运动"所提出的直接目标基本得到了实现。"五四运动"在其开始，只是具有初步共产主义思想的知识分子、小资产阶级知识分子和资产阶级知识分子三部分人统一战线的革命运动，运动突破了知识分子的圈子，形成全国范围内工学商联合的群众性的革命运动。

至此，"巴黎和会"彻底暴露了帝国主义的狰狞面目，也打破了中国人民对帝国主义的幻想，先进的知识分子认清了这个真理：只有依靠自己才能改变自己的命运。中国工人阶级以崭新的战斗姿态、英勇顽强的精神和无坚不摧的伟大力量，显示出自己是中国人民反帝反封建斗争的先锋队伍和领导力量。毫无疑问，中国工人阶级参加斗争，对"五四运动"获得重大胜利起了重要的作用。

"五四运动"为中国共产党的成立做了准备

首先，"五四运动"促使中国先进分子的思想方向发生了根本性的改变。

"五四"以前，在一段相当长的时间里，中国先进分子曾经虔诚而热烈地向西方学习，希望把中国建设成为一个独立、富强的资本主义国家。"巴黎和会"上中国的外交失败，给他们上了严峻的一课，对于资本主义幻想的破灭，推动他们去探求中国的新出路。

正是通过这场反帝爱国运动的实践，人们对挽救祖国危亡的途径开始有了新的认识。"新文化运动"的倡导者陈独秀原先是个典型的欧化派，"五四"前夕，

新思想传播——《每周评论》

每週評論

反帝反封建运动
——五四青年的爱国故事

他也曾经说过，第一次世界大战的结果是"公理战胜强权"，美国总统威尔逊称得上是"世界第一大好人"，但在得知有关"巴黎和会"的消息之后，他的看法就有了根本性的改变，他揭露说，"什么公理，什么永久和平，什么威尔逊总统十四条宣言，都成了不值一文的空话，要求的世界和平与人类幸福，非全世界人民都站起来直接解决不可"。"五四"之后不久，他即开始批判"金力主义"，到1920年夏天，他开始在上海组织马克思主义研究会，随后并着手创建马克思主义政党的工作。

正如当年如饥似渴地学习和研究资本主义一样，"五四"以后，中国的先进分子开始如饥似渴地学习和研究社会主义。如果说，"五四运动"开始时，中国的马克思主义者还只有李大钊这样个别的人物，那么，"五四运动"以后，中国先进分子中有许多人就经过对于各种社会主义思潮的比较、研究，逐步地在马克思主义的旗帜下集合起来了。

「五四运动」精神导师——陈独秀

其次，"五四运动"促使中国先进分子考虑创建新的革命政党的问题。

"五四"以前，在中国革命中起领导作用的是国民党及其前身中国同盟会。在"五四运动"中，孙中山虽曾对学生斗争表示过同情和支持，一些国民党人也参加过这场斗争，但他们并不是它的直接组织者和领导者。1919年8月，孙中山在会见全国学联代表时，对于"五四运动"再次给予肯定，但是，他认为学生手中没有武器，只能游行示威，而北洋政府用几挺机关枪就可以镇压成千上万的学生，他说："我要给你们五百支枪以对付北洋政府，如何？"

《20世纪前期的荀学研究》

20世纪前期的荀学研究

江心力 著

反帝反封建运动

——五四青年的爱国故事

蔡和森

正因为如此，蔡和森在1926年回顾当时的情况时说，"五四运动"时，整体说来，国民党是站在群众运动之外的。北京、上海的学生派代表去找过国民党，它的领导人竟以"无力参加"拒绝，这个趋势很可以说明国民党不能领导革命了，客观的革命势力发展已超过它的主观力量了。故此次运动中一些新领袖对于国民党均不满意，成立新的革命政党来领导人民的斗争，已经成为中国革命发展的客观要求。

再次，"五四运动"促使马克思主义与中国工人运动的结合，为中国共产党的成立做了准备。

共产党是工人阶级政党。列宁说："工人阶级政

党'是工人运动与社会主义的结合',它的产生需要
具备一定的条件。""五四运动"以后,这些条件逐
步具备了,首先,中国工人阶级的力量有了发展,
"五四"前夕,产业工人达到了200万人以上,在
"五四运动"中,他们开始作为独立的政治力量登上
历史舞台,这就为成立共产党提供了阶级基础;其
次,十月革命一声炮响,给中国送来了马克思列宁
主义,而"五四运动"则推动了马克思列宁主义在
中国的传播,这就为成立共产党提供了思想条件;
再次,"五四运动"促使中国先进的知识分子开始实
行与工人群众的结合,这就为中国共产党的成立作
了干部上的准备。

北大红楼

反帝反封建运动

——五四青年的爱国故事

胡适书法

"五四运动"的思想基础

西方思想在晚清尤其甲午战争之后大量传入中国，并在年轻一辈中产生影响，但在民国初年这种影响随着《新青年》等刊物的发展以及"白话文运动"的推动发展、自由、反抗传统权威等思想，影响了学生以及一般市民。

新文化运动高举"民主""科学""人权""自由"等大旗，从思想、政治、文化领域激发和影响了中国人，尤其是中国青年的爱国救国热情，从根本上为"五四运动"的出现奠定了思想基础和智力来源。

北京大学为首的高等教育发展

中国的教育制度从清末的新政（即学习西方及日本学制而改革）到民初，高等教育获得进一步的发展，尤其在北京为首的北京大学校长蔡元培的领导下，引进了开放的学风，提出了"思想自由，兼容并包"办学方针，李大钊、陈独秀、章士钊、胡适、辜鸿铭（教英国文学）、刘师培、鲁迅（周树人，教中国小说史）、钱玄同（教音韵学）、吴梅（教戏曲史）、刘半农（教新文学）等被聘请于北大任教，同时培养学生独立自主开放进步的思想和精神，这种思想和精神成为"五四运动"的重要动力。

毛泽东在为纪念"五四运动"20周年所写的《五四运动》一文中指出：这个运动"表现中国反帝反封建的资产阶级民主革命已经发展到了一个新阶段"；在《青年运动的方向》的讲演中，他总结中国革命的历史经验，论述了知识分子走和工农民众相结合的道路的极端重要性；他更在《新民主主义论》这部著作中，进一步对"五四运动"的性质、特点、意义作出了深刻的论述，着重指出，正是"五四运动"在思想上和干部上准备了1921年中国共产党的成立，又准备了"五卅运动"和"北伐战争"。

"五四运动"促使马克思主义
与中国工人运动的结合

在学生运动遭到反动当局镇压的时候，中国工人阶级开始作为一个独立的政治力量登上了历史舞台。当时一个美国新闻记者在观察运动发展的情况时就曾经说过："在战争结束后来到上海的新时代中，苦力崛起而为这个新时代的最重要的特征，上海的新兴无产阶级转入行动，急进和爱国的学生找到了最有力的同盟者，这对于这场斗争的胜利起到了决定性的作用。"这个事实，使中国先进的知识分子开始看到了工人阶级力量的伟大。

北大红楼内第二阅览室

正因为有了这种认识，在"五四"之后，脱下学生装，穿上粗布衣，到工人群众中去，成为接受了马克思主义的知识分子的自觉行动。"五四运动"中有一部分学生领袖，就是从这里出发，到工人中去办工人学校，去办工会。

这样，"五四运动"就促进了知识分子与工人群众、马克思主义与中国工人运动的结合。在这个过程中，先进的知识分子了解到工人阶级的疾苦和他们的要求，把自己的立足点移到了他们的一边；一部分工人认识了本阶级的历史使命，具有了阶级的觉悟。在这个基础之上，中国产生了一批工人阶级的先进分子。

"五四运动"发生两年之后，中国新型的工人阶级政党——中国共产党就在工人最集中的城市上海诞生了，这绝不是偶然的。

北京『新文化运动』纪念馆

我们知道，新民主主义革命是工人阶级领导的反帝反封建的革命。"五四运动"之所以成为这个革命的开端，不仅仅是因为中国工人阶级开

始作为独立的政治力量登上历史舞台，对于这场斗争的胜利起到了决定性的作用；更重要的是因为工人阶级对革命的领导是通过它的先锋队共产党来实现的，而这场斗争促进了马克思列宁主义的传播及其与中国工人运

文化新批评

在激进与保守之间

李茂民 著

Between Radicalism and
Conservatism:
梁启超五四时期的新文化思想
Liang Qichao's Thoughts on
New Culture in May 4th Period

社会科学文献出版社
SOCIAL SCIENCES ACADEMIC PRESS (CHINA)

动的结合，在思想上和干部上准备了1921年中国共产党的成立。而自从有了中国共产党，中国革命的面貌就焕然一新了，正因为如此，"五四运动"成了中国新民主主义革命的开端。

上述历史情况表明，促进马克思主义在中国的传播及其与中国工人运动的结合，为中国共产党的成立准备了条件，这确实是"五四运动"的最大成果和最大收获。

在"五四"以前，中国文化战线上的斗争，是资产阶级的新文化和封建阶级的旧文化的斗争。在"五四"以前，学校与科举之争、新学与旧学之争、

西学与中学之争，都带着这种性质。那时的所谓学校、新学、西学，基本上都是资产阶级代表们所需要的自然科学和资产阶级的社会政治学说（说基本上，是说那中间还夹杂了许多中国的封建余毒在内）。在当时，这种所谓新学的思想，有同中国封建思想作斗争的革命作用，是替旧时期的中国资产阶级民主革命服务的。可是，因为中国资产阶级的无力和世界已经进到帝国主义时代，这种资产阶级思想只能上阵打几个回合，就被外国帝国主义的奴化思想和中国封建主义的复古思想的反动同盟所打退了，被这个思想上的反动同盟军稍稍一反攻，所谓新学，就偃旗息鼓，宣告退却，失了灵魂，而只剩下它的躯壳了。旧的资产阶级民主主义文化，在帝国主义时代，已经腐化，已经无力了，它的失败是

油画《五四运动》

必然的。

　　"五四"以后则不然。在"五四"以后，中国产生了完全崭新的文化生力军，这就是中国共产党人所领导的共产主义的文化思想，即共产主义的宇宙观和社会革命论。"五四运动"是在1919年，中国共产党的成立和劳动运动的真正开始是在1921年，均在第一次世界大战和十月革命之后，即在民族问题和殖民地革命运动在世界上改变了过去面貌之时，在这里中国革命和世界革命的联系，是非常之显然的。由于中国政治生力军即中国无产阶级和中国共产党登上了中国的政治舞台，这个文化生力军，就以新的装束和新的武器，联合一切可能的同盟军，摆开了自己的阵势，向着帝国主义文化和封建文化展开了英勇的进攻。这支生力军在社会科学领域和文学艺术领域中，不论在哲学方面、经济学方面、政治学方面、军事学方面、历史学方面、文学方面、艺术方面（不论是戏剧、电影、音乐、雕刻、绘画），都有了极大的发展。20年来，这个文化新军的锋芒所向，从思想到形式（文字等），无不掀起了极大的革命；其声势之浩大、威力之猛烈，简直是所向无敌的；其动员之广大，超过中国任何历史时代。

"五四运动"的意义

一部中国近代史，是中华民族为争取民族独立和人民解放而不断奋斗的壮丽画卷。在这100多年进程中，发生于1919年的"五四运动"是一个伟大的历史转折点。它为中国的前进开辟了一条全新的道路、拉开了中国新民主主义革命的序幕。

人们也许会问："五四运动"前后产生过巨大影响的《青年杂志》（后改名《新青年》）创刊于1915年，领导中国新民主主义革命取得胜利的中国共产党诞生于1921年，为什么说"五四运动"是一个伟大的历史转折点呢？

《新青年》

反帝反封建运动
——五四青年的爱国故事

其实，只要把"五四运动"以前和以后比较一下就可以看到，情况发生了根本性的变化。

爱国救亡："五四运动"的出发点

"五四运动"绝不是凭空发生的，也不是单靠少数先进分子的主观意愿和决心就能够发动起来的。它是历史大趋势的产物，是中华民族爱国救亡怒潮在新的历史条件下的继续和发展。说到底，人们被那时祖国苦难境遇激发出来的满腔悲愤，对创造合理的新社会的强烈追求，是"五四运动"能够发生的内在动力。

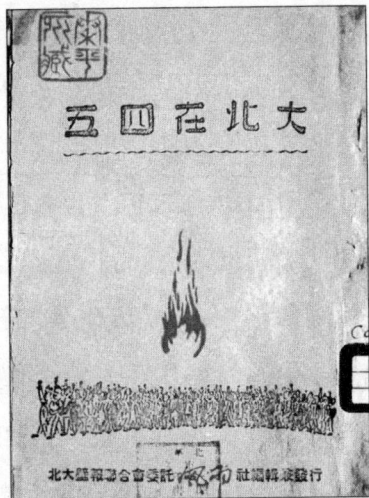

《五四在北大》

生活在今天的年轻人也许很难想象，当时的中国正处在何等深重的苦难中；也许很难体会到，那一代中国人在几乎看不到一点光明前景的艰难岁月里，是怎样为祖国的悲惨命运承受着巨大的痛苦煎熬。

大家知道，中华民族曾经创造出居于世界前列的灿烂的古代文明，并且在几千年内绵延不绝，从来没有中断过，但是，中国在近代却大大落后了。鸦片战争后，在西方国家炮舰的威胁下，中国开始丧失独立的地位，沦为一个半殖民地半封建社会。中日甲午战争的失败，给了中国人极大的刺激。翻开20世纪历史的第一页，呈现在中国人面前的是一幅更加惊心动魄的图景：西方的八国联军武装占领中国的首都北京长达一年之久。

中国真的要灭亡了吗？昔日的辉煌同任人宰割的现实之间所形成的强烈反差，使每个有血性的中国人对这种屈辱和不幸格外感到无法忍受。"振兴中华"这个响亮的口号，便是中国民主革命先行者孙中山先生在中日甲午战争发生的那年喊出来的，它成为一代又一代中国人顽强追求的目标。

但是，前行的道路并不平坦，在这之后，日本军国主义者出于独霸东亚的野心，开始对中国进行规模空前而野蛮的侵略掠夺。愤怒终于像火山那样爆发了，"五四运动"中的学生用他们的文言宣言写道："山东亡，是中国亡矣！我同胞处此大地，

反帝反封建运动
——五四青年的爱国故事

有此山河，岂能目睹此强暴之欺凌我，压迫我，奴隶我，牛马我，而不作万死一生之呼救乎！"白话宣言中写道："中国的土地可以征服而不可以断送！中国的人民可以杀戮而不可以低头！国亡了！同胞起来呀！"

这是用血泪写成的文字。国势的危急、民族的苦难，使人痛苦，也催人奋进——"五四运动"正是在这种大背景下起步的。

群众运动暴风雨的洗礼

"五四运动"一发生，人们看到：在中国大地上第一次出现席卷全国、有着各社会阶层民众参加的声势宏伟的群众运动，这在中华民族历史上还从来不曾有过。

过去，中国人民也有过多次反抗帝国主义和封建统治者的行动，可是他们或者是单纯的军事行动，或者是只有较少人参加和只在部分地区进行的爱国活动，而支配旧中国的帝国主义和封建统治者却有着盘根错节的强大实力，如果只靠少数人而没有广大民众奋起投入，这种力量自然异常单薄，远不足以战胜如此强大的敌人，以往近代历次革命以至改革运动的失败，这是一个主要原因。

"五四运动"就大不相同了。据邓中夏《中国职工运动简史》记载："总共人数无确实统计，大概有六七万人。"中国工人开始以独立的姿态、以如此规模的行动走上政治舞台，这又是中国历史上破天荒的大事。此外，各地纷起响应，其中特别激烈的有济南、天津、武汉、长沙……

《五四三十周年纪念专辑》

"五四运动"前夜，中国大地似乎笼罩在一片黑暗中，革命处在低潮中，北洋军阀中的皖系在日本支持下控制着中央政府，正在叫嚣"武力统一"。环顾海内，仿佛没有什么足以同黑暗势力抗衡的力量，谁也没有想到，在原

反帝反封建运动
——五四青年的爱国故事

"新文化运动"纪念馆陈列室——李大钊、陈独秀

来相当沉默的民众中竟会爆发出如此惊人的大风暴来。

一场暴风雨式的群众运动的冲刷，常常可以使大群大群人们短时间内在思想上发生剧烈而巨大的变动。运动中，学生们去街头演说、到工人区进行调查、举办平民学校，冲破以往知识分子的狭小圈子，接触社会，发现在自己周围还存在一个更加广阔的天地，开始看到自身存在的弱点，于是提出要把"小我"融于"大我"之中，奉献给"大我"。这种成千上万人的思想大变动，在一般情况下往往多少年也难以达到，也不是几个刊物或者几次演讲的影响所能相比的。

当时中国的先进分子，包括早期的共产党人，几乎没有谁不曾受到过"五四运动"的影响。瞿秋白在"五四运动"后不久写道："从入北京到'五四运动'之前，共三年，是我最孤寂的生涯。友朋的交际可以说绝对的断绝。北京城里新官僚'民国'的生活使我受一重大的痛苦激刺。厌世观的哲学思想随着我这三年研究哲学的程度而增高。'五四运动'陡然爆发，我于是卷入旋涡，孤寂的生活打破了。当时爱国运动的意义，绝不能望文生义的去解释他。中国民族几十年受剥削，到今日才感受殖民地化的况味。帝国主义压迫的切骨的痛苦，触醒了空泛的民主主义的噩梦。学生运动的引子——山东问题，本来就包括在这里。工业先进国的现代问题是资本主义，在殖民地上就是帝国主义，所以学生运动倏然一变而倾向于社会主义，就是这个原因。"

胡适先生

这场规模空前的群众运动，还使当时的先进分子真正看到了实现中华民族伟大复兴的力量源泉所在。吴玉

章回忆"五四运动"时说："这是真正激动人心的一页，这是真正伟大的历史转折点。从前我们搞革命虽然也看到过一些群众运动的场面，但是从来没有看到过这种席卷全国的雄壮

浩大的声势。在群众运动的冲击震荡下，整个中国从沉睡中复苏了，开始焕发出青春的活力。在'五四'群众运动的对比下，上层的社会力量显得何等的微不足道，在人民群众中所蕴藏的力量一旦得到解放，那才真正是惊天动地、无坚不摧的。"——这是一条全新的道路。

马克思主义——新思潮的主流

"五四运动"后的一个重要变化是，马克思主义、科学社会主义开始成为中国先进思想界的主流，正是在这个意义上，可以把它称为中国新民主主义革命的开端。

初期的"新文化运动"是从陈独秀等创办的《新青年》开始的。"新文化运动"高举"民主"和"科学"的大旗，民主的对立物是专制；科学的对立物是愚昧和迷信，这是中国几千年封建统治的恶果。鲁迅在《新青年》上发表的小说《狂人日记》有一段脍炙人口的名言："我翻开历史一查，这历史没有年代，歪歪斜斜的每页上都写着'仁义道德'几个字。我横竖睡不着，仔细看了半夜，才从字缝里看出字来，满本都写着两个字是'吃人'！"《新青年》对封建主义的旧思想、旧文化、旧礼教的批判，其尖锐彻底的程度、所向无前的气势，远远超过辛亥革命时期，更不用说以前了，确实起到了振聋发聩的启蒙作用，它带来思想的解放，为人们接受新思想做了重要准备。

初期的"新文化运动"仍是在西方式民主的旗帜下进行的，鼓吹以个人为中心的"独立人格"和"个性解放"，着眼点主要是个人权利，而不是人民的整体利益，它不能从根本上给灾难深重的中国人指明真正的出

《新申报》

反帝反封建运动
——五四青年的爱国故事

路。那时，挪威作家易卜生的剧本《娜拉》在中国有很大影响，写的是女主人公娜拉不甘心做"丈夫的傀儡"而离家出走，被赞扬为"女性的自觉"。鲁迅作了一篇《娜拉走后怎样》的演讲，说："从事理

『五四』时期刊物 巴金——《寒夜》

上推想起来，娜拉或者也实在只有两条路：不是堕落，就是回来。因为如果是一只小鸟，则笼子里固然不自由；而一出笼门，外面便又有鹰、有猫，以及别的什么东西之类。"

　　的确，当时中国的社会现实是那样黑暗，旧的社会不改造，个人再努力也没有前途可言；离开社会的改造，对绝大多数人来说，连生存也难以得到保障，更谈不上有什么个性解放和个人前途。如果只停留在文化领域里谈来谈去，仍只会流于空谈，不可能使中国的问题得到根本解决。初期的"新文化运动"由于社会条件的限制，只能做到那样，但它是不够的，需

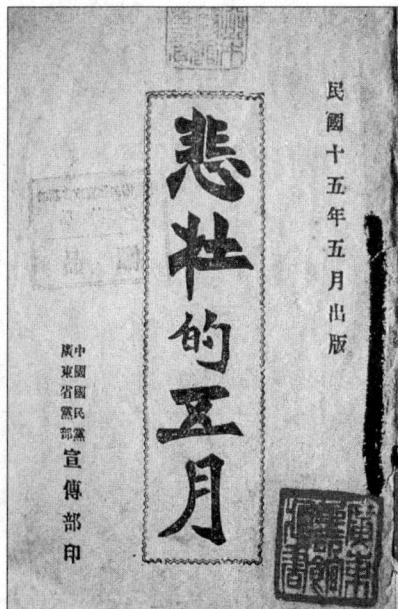

要继续前进。于是，"改造社会""建设新社会"的呼声越来越高，在思想界被提到突出的地位。

但在最初一段时间，对于现实社会应该怎么改造、要建设的新社会是怎样的、中国的真正出路在哪里这些问题，人们并不很清楚。俄国十月社会主义革命在人们眼前展开了一个新的天地，让人们看到了一种活生生的新的社会主义制度。它为什么会引起中国人那样大的关注？原因就在于中国社会内部有这种需要，它给了正在苦苦思索问题的先进分子们一个全新的答案。作为先驱者的李大钊所写的《庶民的胜利》《布尔什维主义的胜利》，便是中国人接受十月革命道路的最早反映，当然，当时有这样认识的人还不多。

"五四运动"的方向

经过"五四运动",情况就大不相同了,在"五四运动"的高潮中,人们处于异常激动和兴奋的状态,经过这样一场急风暴雨的冲刷后,下一步该怎么办?中国的出路在哪里?在运动高潮的那些日日夜夜里,人们从过去宁静的以至孤寂的小天地里惊醒过来,投身到火热的集体生活中,当运动逐渐平复下来时,一部分人回到自己原来习惯的生活轨道上去,而一部分先进分子转向更深层次的探索,并且和一些志同道合的人在一起,结成社会主义团体。当时,宣传马克思主义的中心有两个地方:一个是北京;一个是上海。在北京,宣传马克思主义的基地是北京大学。1920年

"新文化运动"中心——北大办公楼

初，由李大钊主持，北大一批青年学生组织了马克思学说研究会；在上海，陈独秀和一批留日学生等同年5月成立了马克思主义研究会。陈望道翻译出版了《共产党宣言》，这是马克思主义基本著作的第一个中文全译本，马克思主义成为了新思潮中的主流。1921年，全国已有相当数量的接受马克思主义的先进青年。

接受了马克思主义的先进分子不是抛弃"民主"和"科学"的旗帜，而是在"民主"和"科学"的大旗下继续奋斗，并且赋予它们以新的更加完整的内容，正如它不是抹杀个性而是把个性解放和社会改造这个大目标融合在一起一样。中国民众的绝大多数是工人和农民，如果不到他们中间去，不充分考虑他们的利益和关心的问题，只把眼光停留在少数知识分子的狭小圈子里，那么，不管对民主的议论如何激烈，依然只是一部分人甚至

鲁迅先生

049
——五四青年的爱国故事
反帝反封建运动

是少数人的民主，谈不上真正广泛的人民民主。科学——最根本的是要符合实际、符合事物发展的客观规律，既不应当为僵化的教条所束缚，也不是单靠学院式的推理就能解决问题，必须深深地扎根于中国社会的土壤中，脚踏实地地找到推进中国社会变革和进步的办法。这自然比只在书房或会议室高谈阔论要艰苦得多，可以说，经过"五四运动"以后，人们对"民主"和"科学"的认识，比以前更加深刻、更加切合实际了，接受马克思主义的先进分子是初期"新文化运动"民主和科学思想的继承者和发扬者。

"一战"期间工商阶层的发展

清末以来，中国的工商业虽有所发展，但在西方产品的输入情形下，中国本土工商业的发展仍然有限，第一次世界大战的发生使欧洲各国产业无力东顾，中国的工商业获得很大的发展，参与工商业的人口持续增加，民族工业，尤其是轻工业得以巨大发展，城市中的工商阶层在中国社会中的地位也更显重要，在"五四运动"中，他们成为声援爱国学生的主要力量。

中国170年的中国近现代史，如果以1919年的"五四运动"为界限，大体上可以分为前80年和后90年两个时段，这两个时段的历史情况是大不一样的。

中国人民反对外国侵略的民族革命，从1840年就开始了。从"鸦片战争"到"五四运动"爆发前的80年里，中国人民进行的反帝反封建斗争，对于粉碎帝国主义灭亡或瓜分中国的图谋、推动中国社会的进步，起过不可磨灭的历史作用，但是从根本上说还是失败了。

而在"五四运动"以后的90年时间里，中国人民的斗争虽然仍有曲折和反复，但是从根本上说，走的是一条上坡路：经过30年的奋斗，中华民族和中国人民在世界上站立起来了；又经过60年的努力，一个极度贫弱的半殖民地半封建的旧中国变成了一个初步繁荣昌盛的社会主义新中国。

综观近现代中国的历史，我们可以清楚地看到："五四运动"是一次伟大的反帝反封建运动的爱国运动、是伟大的思想解放运动和"新文化运动"、是中国人民的斗争从挫折走向胜利的一个关节点，它标志着中国民主革命进入一个崭新的阶段。这次运动高举爱国主义的旗帜，弘扬民主、科学的精神，促进了马克思主义在中国的传播。

鲁迅，就是"五四运动"文化新军中最伟大和最英勇的旗手。鲁迅是中国文化革命的主将，他不但是伟大的文学家，而且是伟大的思想家和伟大的革命家。

鲁迅的骨头是最硬的，他没有丝毫的奴颜和媚骨，这是殖民地、半殖民地人民最可宝贵的性格。鲁迅是在文化战线上，代表全民族的大多数向着敌人冲锋陷阵的最正确、最勇敢、最坚决、最忠实、最热忱的空前的民族英雄。

鲁迅的方向就是中华民族新文化的方向——"五四运动"

《新青年》编辑——沈尹默字

的方向。"五四运动"是一个新的起点、是中国旧民主主义革命的结束和新民主主义革命的开端。社会主义新中国正是从这时开始，经过全国人民30多年的奋斗，一步一步实现的。今天，在中国共产党领导下，我们正朝着奋力开创中国特色社会主义事业新局面、实现中华民族伟大复兴的宏伟目标阔步前进。中国革命从此进入了一个新的历史时期、一个新方向！

"五四运动"的文学历史简述

中国古代应用文发展到清末民初，已经山穷水尽，走投无路。这是因为以公文为主体的古代应用文体作为国家机器的附属物随着封建专制政权的解体，失去了生存的条件。进入近代之后，有太平天国农民政权对旧式公文的冲击；有黄遵宪、梁启超新文体运动对旧的语言表达模式的挑战和反叛。但总的说来，不足以触动旧式应用文体的根基，彻底地变革旧式应用文体的使命落在"五四"时期新一代学人的身上。

《新青年》

语言表达模式的变革是文体变革的先声，与思想观念的更新密切相关。1915年9月《青年杂志》（《新青年》）在上海创刊，当时还只有胡适的诗文使用白话，至1918年1月《新青年》编辑部改

组，全部改用白话，这是当年最早的一份白话杂志。《新青年》同仁采取凌厉的攻势，将废除文言与反对封建专制制度和批判孔孟之道结合了起来，将推行白话与推行民主科学精神结合了起来。

1916年10月胡适发表了著名的文学革命八事说（正式写成文章时，改称"文学改良"），围绕八事的讨论，陈独秀提出新的文体分类学说：鄙意文学之文必与应用之文区而为二，应用之文但求朴实说理纪事，其道甚简。（《答胡

陈独秀用过的笔——雕塑广场

适之》1916年10月5日）对于文学与应用之文的不同特点，陈氏还有更重要的申述：且文学之文，与应用之文不同，上未可律以伦理学，下未可律以普通文法。其必不可忽视者，修辞学耳……其美感与伎俩，所谓文学、美术自身独立存在之价值，是否可以轻轻抹杀，岂无研究之余地（《答胡适之》1916年10月1日）。陈独秀的观点：文学之文以情为主，应该华美而不重实用。他曾有"华美无用之文学"的措辞，钱玄同提出质疑，

此"无用"二字是否与一贯之主张有冲突。其实，此"无用"二字表达了陈氏一种很重要的文章观念。所谓"无用"，即无实用之谓也，并非无价值。文章区别于文学，正是在实用与不实用上划清界限。应用之文以理为主，应该朴质而有用，清除"阿谀的虚伪的铺张的贵族古典文学"的恶劣文风。魏晋以后，应用之文骈化倾向日益显著，大有不骈就不能作文的趋势；唐宋古文家企图扭转这种风气，其策略不是促进小说的发展，戏剧的新生，以减轻应用文体肩负的美文职能，反而加速了应用文体文学化的步伐，使其变得更加小巧精致，更加失去了应用的品格。所以，无论是骈文还是古文，都未能将应用文体引向健康发展的方向。

中国近代人物文集丛书
胡适学术文集
·新文学运动

胡适学术文集

陈独秀一针见血地指出："碑铭墓志，极量称物，读者决不见信，作者必照例为之。寻常启事，首尾恒有种种谀辞。居表者即华居美食，而哀启必欺人曰，苦块昏迷。赠医生以匾额，不曰术迈岐黄，即曰著手成春。"陈独秀

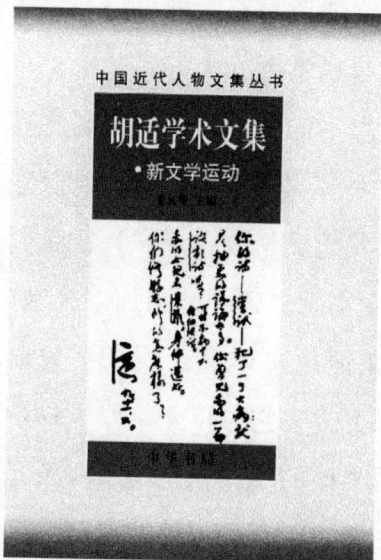

深谙此弊，提出将应用之文与文学之文彻底分家，得到了《新青年》同仁的一致赞同。经钱玄同、刘半农的进一步论证补充就完全具有实际的操作价值了。

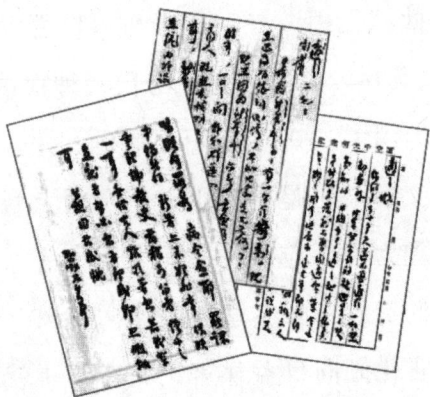

梁启超、陈独秀、徐志摩致胡适的信札（从左至右）

刘半农"以'不贵苟同'之义"和陈独秀商榷，"分一切作物为文字与文学二类"。文字"只取其传达意思，不必于传达意思之外，更用何等工夫也"。"凡科学上应用之文字无论其为实质与否，皆当归入文字范围"。并指出，"吾国旧时科学书，大部并艺术为一谈……吾国原有学术之所以不能发达与普及，实此等自命渊博之假名士有以致之。""不滥用文学，以侵害文字，斯为近理耳。"（《我之文学改良观》）在我们看来，"文字"与应用之文实无二致，勉强加以区别，文字偏重语体，应用之文偏重文体而已。文字只取"传达意思"，不容许艺术去侵害它，以文字作为科学记载的唯一手段，为应用文体的现代化指出了一条光明大道。这正如辛亥革命之后，人们剪掉拖在脑背后的辫子一样，从此与旧的文章观念割断了联系，义无反顾了。

　　理论的研究有了突破，新的观念深入人心，跟着而来就是实行了。刘半农的"文学与文字之作法之异同"论值得引起我们的充分注意：作文字当讲文法，在必要之处，当兼讲论理学。文字为无精神之物，非无精神也，精神在其所记之事物，而不在文字之本身也。故作文字如记账，只需应有尽有，将所记之事物，一一记完便了，不必矫揉造作，自为增损。

文字重逻辑思维，即文中的论理学，与文学重形象思维（刘半农称之为"修辞学"）显然不同。"作文如记账"，"不必矫揉造作，自为增损"。文字写作的成功与否，第一位的标准自然是所记事物面貌的准确，而文字

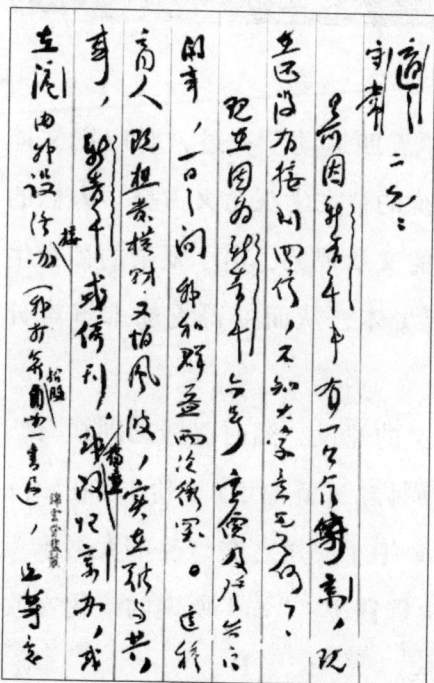

反帝反封建运动
——五四青年的爱国故事

5月20日陈独秀致胡适的信

本身怎么样，尚应退居其次。有了这样严格的区分，以文学为文章，自然只能判为不合格；以文章为文学，也没有必要。刘半农的观点如果得以实行，中国现代的文学事业与文章事业都可以得以进一步发展。

陈独秀办公室

甚为可惜的是，"五四运动"一过，对应用文体的研究突然沉寂，传统的杂文学观念又占据了人们的头脑。本来缠绕不清的文章现象，由于复杂的社会生活又造出了众多的新文体，从而变得更加难解难分了。

全盘规划应用之文的建设，当时以钱玄同最有气魄，而且考虑得最为周详。《新青年》3卷5号在致陈独秀的信中，钱玄同草拟了应用之文"改革大纲十三事"。陈独秀在复信中赞赏说："先生所说的应用文改良十三样，弟样样赞成。"

"五四精神"与风云人物

"五四精神"的核心内容为"爱国、进步、民主、科学"。概括地讲，就是"彻底地、不妥协地反帝反封建的爱国精神"。我们应该为了民族的独立和解放，为了国家的繁荣和富强，前仆后继、英勇奋斗、积极进取、勤奋工作。爱国主义是"五四精神"的源泉；"民主"与"科学"是"五四精神"的核心；勇于探索、敢于创新、解放思想、实行变革是"民主"与"科学"提出和实现的途径；理性精神、个性解放、反帝反封建是"民主"与"科学"的内容。而所有这些，最终目的都是为了振兴中华民族。因此，纪念"五四运动"、发扬"五四精神"，应该把这些方面结合起来，为振兴中华民族而努力奋斗。

总之，"五四精神"代表着诚实的、进步的、积极的、自由的、平等的、创造的、美的、善的、和平的、相爱互助

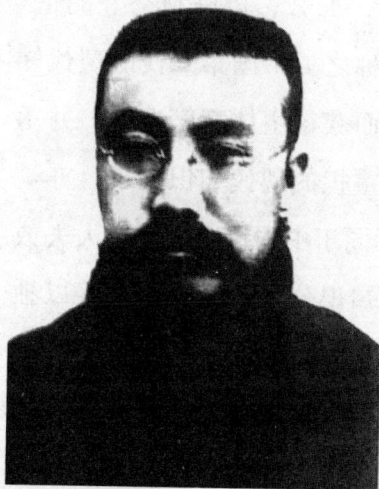

李大钊先生

反帝反封建运动
——五四青年的爱国故事

的、劳动而愉快的、全社
会幸福的统一体。

因此"五四精神"就
是升华了的爱国精神。归
结起来是，忧国忧民的爱
国主义精神、无私奉献的
高度社会责任感、宣传民
主科学的进步精神、追寻
时代潮流、把握时代命运
的伟大精神。

严复先生

中国历史文化语境中的现代知识分子，是近代中
西文化冲突导致文化转型的产物。如果将康有为、梁
启超、严复等为代表的近代知识分子群体，称之为中
国第一代的现代知识分子，那么，以陈独秀、胡适、
鲁迅等为代表的，则可以称之为中国第二代的现代知
识分子。这些由文化冲突而获得主体高度自觉，并勇
敢地挑起"向西方学习"重担的现代知识分子，亦被
称为"先进的中国人"。不同于中国历史上的士大夫或
文人群体，现代意义上的知识分子，指的是那些以独
立的人格、独立的身份和独立的价值标准，借助知识、
文化、思想和精神的力量，来表现自身对于社会、历
史、文化的独特思考和鲜明的"公共关怀"，体现一种

公共良知、社会责任感、历史使命感，并具有强烈的社会批判意识和参与社会活动的文化人。在现代中国思想文化史上，鲁迅无疑是现代中国知识分子的最杰出代表。他的思想、意识、观念、学说、主张和人格等，都典型地反映出了现代中国知识分子所具有的精神特征，尤其是他的现代意识的构成和心路历程及所反映出来的精神特征，可以说，正是现代中国知识分子的精神缩影。

"五四运动"要解决的是民族危亡的问题，因此，"五四精神"就是对解决这个历史主题的主体能够产生强大推动作用的精神。"五四精神"反映着"五四运动"不同于此前近代中国民主革命的新意，又是"五四"时期那一代时代先锋的崭新的人格特征。它表现为以下四个统一：

一是启蒙与救亡的自觉广泛的统一；二是知识分子与劳动群众的统一；三是刻苦耐劳的精神与进取创新的精神的统一；四是独立自主的精神与无私奉献精神的统一。

启蒙刊物《西洋史》

反帝反封建运动
——五四青年的爱国故事

作为跨越世纪的一代人有责任将自己即将送走的世纪中所积累的精神遗产带进新世纪，"五四精神"就属于这样的精神遗产。因此，我们不但应当继承"五四精神"，而且应当弘扬"五四精神"。"五四精神"的代表人物：

傅 斯 年

傅斯年（1896年3月26日—1950年12月20日），初字梦簪，字孟真，山东聊城人，祖籍江西永丰。著名历史学家、古典文学研究专家、学术领导人、"五四运动"学生领袖之一、中央研究院历史语言研究所的创办者。曾任北京大学代理校长、国立台湾大学校长。他所提出的"上穷碧落下黄泉，动手动脚找东西"的原则影响深远。1909年就读于天津府立中学堂，1913年考入北京大学预科，1916年升入北京大学文科。由于受到"民主"

傅斯年先生

与"科学"新思潮的影响，1918年夏与罗家伦等组织新潮社，创办《新潮》月刊，提倡新文化，影响颇广，从而成为北大学生会领袖之一。"五四运动"爆发时，傅斯年担任游行总指挥，风云一时，后因受胡适思想影响，反对"过急"运动，不久退出学运，回到书斋。1919年夏，傅斯年大学毕业后，先后入伦敦大学研究院、柏林大学哲学研究院，学习实验心理学、生理学、数学、物理以及爱因斯坦的相对论、勃朗克的量子论等，还对比较语言学和考据学发生兴趣。1926年冬回国，翌年春出任广州中山大学教授兼文学院院长和历史系、中文系主任。"四·一二"政变发生后，傅斯年写信给李石曾，表示赞同清党。从1928年11月起，长期任中央研究院历史语言研究所所长，创办《历史语言研究所集刊》，任主编。1929年春，历史语言研究所

蔡元培雕塑在北京新文化纪念馆落成

学生被关押在临时的兵营宿舍里

从广州迁往北平，兼任北大教授。1932年，他参加胡适主持的独立评论社，在《独立评论》周刊上发表政论文章，赞成抗日，对南京国民政府的外交路线有所批评。1937年春，傅斯年兼代中央研究院总干事。抗日战争爆发后，任国民参政会参政员，兼任西南联大教授，主张抗战，抨击贪官污吏。抗战胜利后，一度代理北京大学校长。1948年当选南京国民政府立法委员。1949年1月，随历史语言研究所迁至台北，并兼台湾大学校长。傅斯年在学术上，信奉考证学派传统，主张纯客观科学研究，注重史料的发现与考订，发表过不少研究古代史的论文。他主持历史语言研究所期间，延揽一流人才，作出不少成绩。1950年12月20日在台北病逝。著作编为《傅孟真先生集》。

傅斯年往事略集

"五四运动"的北大学生领袖、历史语言研究所创始人、北京大学代理校长、台湾大学校长，一生还富有传奇色彩。

他回国后先任广州中山大学的教授，兼任文学院院长，后来又办历史语言研究所，希望将它办成一个有科学性而能在国际学术界站得住的研究所，而不是一个抱残守缺的机关。他对于国外研究中国学问的汉学家只佩服两个人：一个是瑞典的高本汉；一个是法国的伯希和，其余的人他都认为是"洋骗子"。

傅斯年主持的史语所特别重视史料的发掘。为此，傅斯年曾主持购进清代所藏内阁大库档案，费资不少，但在整理的过程中傅斯年却有一些失望。一次他在北海静心斋对李济说："没有什么重要的发现。"李济却问："什么叫重要发现？难道说先生希望在这批档案内找出满清没有入关的证据吗？"傅听了大笑。

抗战期间，中央研究院历史语言研究所由昆明迁到四川南溪县李庄镇，史语所第四组即人类学组藏有许多掘自不同地区的人头骨和人体上其他部分的骨骼，这些人头骨和骨骼也和图书一样陈列在木架子上。不久，这些东西被当地人发现了，每到夜里，便有人站在山上高喊："研究院杀人了，研究院杀人了！"令史语所的人啼笑皆非。

他是胡适的学生，但死在胡适的前面，胡适说他是"人间一个最稀有的天才，他的记忆力最强，理解力也最强，他能做最细密的绣花针工夫，他又有最大胆的大刀阔斧本领，他是最能做学问的学人，同时他又是最能办

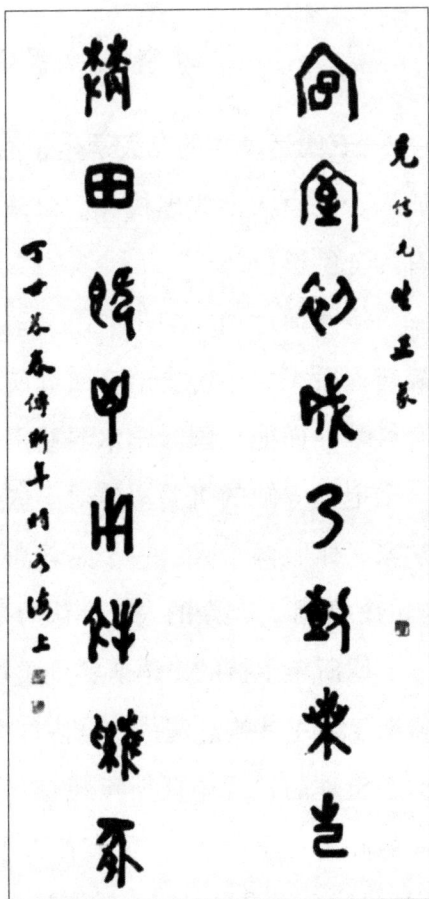

事、最有组织才干的天生领袖人物，他的情感是最有热力，往往带有爆炸性的；同时，他又是最温柔、最富于理智、最有条理的一个可爱可亲的人，这都是人世最难得合并在一个人身上的才性，而我们的孟真确能一身兼有这些最难兼有的品性与才能。"胡适当年刚进北大做教授，就发现有些学生比他的学问好，而他

在北大讲中国哲学史所以没有被学生赶下台，就是由傅斯年等人在私底下做了他的"保护人"。

可是恨他之极的周作人却认为傅斯年不过是一个外强中干的人："又怕人家看出他懦怯卑劣的心事，表面上故意相反的显示得大胆，动不动就叫嚣，人家叫他傅大炮，这正中了他的诡计。"其中主要原因是1945年日本投降后，西南联大解散并迁回平津，傅斯年任北大代理校长，欲替胡适回国主持校务扫清障碍，严格执行他所说的"北大决不录用伪北大的教职员"，认定"汉贼不两立"，而周作人恰在此列。

1938年，傅斯年担任国民参政员，曾两次上书弹劾行政院长孔祥熙，上层虽不予理睬，但后来还是让他抓住了孔祥熙贪污的劣迹，在国民参政大会上炮轰孔祥熙并最终把孔轰下台。孔的继任者宋子文也难逃

傅斯年隶书

此数。傅斯年一篇《这个样子的宋子文非走不可》，朝野震动，宋子文也只好下台——一个国民参政员一下子赶走两任行政院长，历史上也是并不多见的。

自北大毕业后，傅斯年考取了官费留学。从1919年至1926年，他先后留学英、德。留学期间，傅斯年一心扑在学习上，据赵元任夫人杨步伟在《杂忆赵家》中记录，当时的留学生大都"不务正业"，无所事事就鼓励大家离婚，但这么多留学生中，真正全副精力用来读书，心无旁骛不理会男女的只有陈寅恪和傅斯年，以至于有人把他俩比作"宁国府大门口的一对石狮子"。在"许多留学生都以求得博士学位为鹄"的世俗风气中，傅斯年连个硕士学位也没拿到，但是，没有人不佩服他的学问渊博。

傅斯年先生疼爱学生是众所周知的。1950年12月20日傅斯年因脑溢血猝死于台湾大学讲台，新闻报道曾广播说"傅斯年先生弃世"，被其学生听成了"傅斯年先生气死"。于是台湾大学学生聚众要求校方惩办凶手，直到当时台湾国民政府官员出面解释清楚，学生才退去，由此可见傅斯年先生深受学生喜爱。

傅斯年任历史语言所所长23年，培养了大批历史、语言、考古、人类学等专门人才，组织出版学术著作70余种，在经费、设备、制度等方面都为历史语言所的发展做出了重要贡献。组织第一次有计划、有组织的殷墟甲骨发掘，其后先后发掘15次，大大推动了中国考古学的发展和商代历史的研究。傅斯年还将明清大库档案资料争取到历史语言研究所，组织进行专门整理，使明清史研究取得了突破性的进展。

　　傅斯年在历史学研究方面，主张"上穷碧落下黄泉，动手动脚找材料"，重视考古材料在历史研究中的作用，摆脱故纸堆的束缚，同时注意将语言学等其他学科的观点方法运用到历史研究中，取得较高的学术成就，在现代历史学上具有很高的地位。

傅斯年陈列馆

反帝反封建运动
——五四青年的爱国故事

人物年表

1918年与同学罗家伦、毛准等组织新潮社，编辑《新潮》月刊。

1919年"五四运动"期间，为学生领袖之一。

1919年底赴欧洲留学，先入英国爱丁堡大学，后转入伦敦大学，研究实验心理学、物理、化学和高等数学。

1923年入柏林大学哲学院，学习比较语言学等。

1926年冬应中山大学之聘回国，1927年任该校教授、文学院长，兼任中国文学和史学两系主任，同年在中山大学创立语言历史研究所，任所长。

1928年受蔡元培先生之聘，筹立中央研究院历史语言研究所。同年底历史语言所成立，任专职研究员兼所长。

1929年兼任北京大学教授，讲授"中国上古史专题研究"及"中国古代文学史"。其间先后兼任社会科学研究所所长、中央博物院筹备主任、国民参政会参政员、中央研究院总干事、政治协商会议委员、北京大学代理校长等职。

1937年赴重庆，连续四次当选国民参政会参政员，担任中央研究院史语所所长。

1939年5月兼任北大文科研究所所长。

1948年当选为中央研究院院士。

1949年任台湾大学校长。

1950年12月20日因脑溢血病逝。

主要著作

《东北史纲》（第一卷）《性命古训辨证》《古代中国与民族》（稿本）《古代文学史》（稿本）；发表论文百余篇，主要有：《夷夏东西说》《论孔子学说所以适应于秦汉以来的社会的缘故》《评秦汉统一之由来和战国人对于世界之想象》等，有《傅孟真先生集》六册。

罗　家　伦

罗家伦（1897 年 12 月 21 日—1969 年 12 月 25 日），字志希，笔名毅，教育家、思想家，绍兴柯桥镇江头人。父传珍，曾任江西进贤等县知县，思想比较进步，家伦幼年就受其父影响。1914 年入上海复旦公学，1917 年肄业后进入北京大学

文科，成为蔡元培的学生。1919 年，在陈独秀、胡适支持下，与傅斯年、徐彦之成立新潮社，出版《新潮》月刊。同年，当选为北京学生界代表，到上海参加全国学联成立大会，支持"新文化运动"。"五四运动"中，亲笔起草了印刷传单中的白话宣言（其中文言篇由许德珩起草）、《北京学界全体宣言》，提出了"外争国权，内除国贼"的口号，并在 5 月 26 日的《每周评论》上第一次提出"五四运动"这个名词，一直沿用至今。

傅斯年
罗家伦
丁 元/编撰

WUSI FENGYUN RENWU WENCUI

五四风云人物文萃

主编/丁守和

RenMin RiBao ChuBanShe
人民日报出版社

"五四运动"后，接任《新潮》主编。在胡适影响下，刊物改良主色彩日浓，并写了不少文章，否定"新文化运动"，悔恨参与其事。1920年秋，去美国普林斯顿大学、哥伦比亚大学留学，后又去英国伦敦大学、德国柏林大学、法国巴黎大学学习。1926年归国后参加北伐，任国民革命军总司令部参议、编辑委员会委员长等职。

1928年，任以蒋介石为首的总司令部政务委员会教育处处长。同年8月，任清华大学校长，使清华大学由教会学校转为国立大学。1930年后，任武汉大学历史系教授、南京中央政治学院教育长、中央大学校长等职。在执掌中央大学期间，提出建立"诚朴雄伟"

被拘捕的国立北京政法大学学生

反帝反封建运动
——五四青年的爱国故事

的学风，改革教学方法，培养了一大批人才。1941年9月起，任滇黔考察团团长、新疆监察使兼西北考察团团长。抗战胜利后，任国民党中央党史编纂委员会副主任。1947年5月，出任驻印度大使，两年后回台湾。先后任国民党中央编纂委员会

钱玄同
刘半农

赵利栋/编撰

五四风云人物文萃

WUSI FENGYUN RENWU WENCUI

丛主编/丁守和

RenMin RiBao ChuBanShe

人民日报出版社

主任委员、"考试院"副院长、"国史馆"馆长、中国笔会会长等职。1928年8月，南京国民政府正式接管清华学校，改称国立清华大学，直辖于教育部。9月，罗家伦受命任国立清华大学校长。他在校期间，增聘名师、裁并学系、招收女生、添造宿舍、裁汰冗员、结束旧制留美预备部、停办国学研究院、创设与大学各系相关联的研究所，对清华大学的发展有所建树。但他作风专断，不尊重师生意见，引起师生的"驱罗"运动，被迫辞职。1949年去了台湾，任国民党中央党史编纂委员会主任委员、中央评议委员。1952年任考试院副院长。1957年任国史馆馆长。1969年，病势渐

重，12月25日，因肺炎、血管硬化等症状并发，病逝于台北荣民总医院，享年72岁。

1918年，罗家伦和傅斯年、顾颉刚、康白期等人为提倡文学革命而办《新潮》月刊。他们主张要以近代人的言语（白话文），来表达近代人的思想、情感；打开传统束缚，解放学术思想，反对违反人性的文学；用科学方法整理国故，重新评估传统的家族制度和社会习惯；反侵略、反封建，主张民主、民族的独立和自决。这种以民族为本位的思想，更进一步的表现就是参加"五四运动"。

1919年，中国代表参加第一次世界大战后的"巴黎和会"，传来美国威尔逊总统答应日本提出的"山东二十一条款"，由日本全面接收德国在山东的所有权利。5月4日那天，北京的十几个学校几千名学生在天安门集合，预备游行示威活动，主张"内惩国贼、外争国权"，相关单位劝阻无效。在游行中，罗家伦被推选

爱国学生被关押地

为三人代表之一，遍访东交民巷使馆区内美、法、英、意各国公使馆，因适逢星期天，各国公使都不在馆内，由馆员代为接见并转交书面意见。学生游行队伍沿路散发许多传单，其中最重要的《北京学界全体宣言》即由罗家伦起草。接下来，罗家伦以"毅"的笔名在5月26日刊行的《每周评论》上发表《五四运动的精神》，这是"五四运动"这一名词的首见。罗家伦指出，此番学运有三种真精神可以关系到中华民族的存亡：第一，学生牺牲的精神；第二，社会制裁的精神；第三，民族自决的精神。参加"五四运动"的罗家伦，只不过是一名23岁的青年，却能具有如此新的观念和崇高理想，无论在文学革新或政治民主、民族本位方面，理念都相当坚定且明确！

1920年（24岁），罗家伦从北京大学毕业。当时北大校长蔡元培商请上海纺织业巨子穆藕初提供五位留美奖学金名额，罗家伦是获奖人之一。同年，罗家伦赴美，就读普林斯顿大学研究院，攻读历史和哲学，1921年转入哥伦比亚大学研究院。因为傅斯年等人正在英国求学，所以1922年转赴英国伦敦大学研究院，又与傅斯年朝夕相处，互相辩难。

1923年，到德入柏林大学研究院。1925年再转赴法国巴黎大学研究院，仍以历史与哲学为主修。罗家伦国内外十年的大学教育，走过中、美、英、德、法5个国家，读过6个学府，虽在国外未获学位，但是，他在史学、文学、哲学、教育、民族地理学、人类诸学的涵养，大有助益于日后回国主持高等教育及史政机构的恢宏气概和高瞻远瞩。譬如他主持中央政治学校时，把普法战争后的法国政治学校的水准当作目标；主持清华大学时，以力追美国普林斯顿大学的水准为

目标；主持中央大学时，目标设定在普法战争前的德国柏林大学水准。罗家伦留学回国后，担任过各种公职，但他的志趣仍在教育和学术，贡献最大的也是在教育方面。

1926年罗家伦任教于东南大学。及北伐军兴，

蒋梦麟先生

受命任国民革命军司令部
参议、编辑委员会委员长。

　　1927年，国民政府定
都南京，急需培养青年干
部人才，遂筹设中央党务
学校（政治大学的前身），
蒋介石亲任校长。罗家伦
先后受聘为教务主任、代
教育长，学校的实际职务多由他处理。

　　1928年，国民政府将"清华学校"改为"清华大
学"，直接受国民政府管辖，任命罗家伦为首任校长。
任期两年内，他对清华大学的改制有很大的贡献。清
华大学原是由部分中美庚子赔款所办起的学校，原隶
属外交部。他们把钱存在美国，罗家伦透过外交部和
教育部争回这笔赔款，成立清华基金。他很重视实验，
并开始招收女生，淘汰次级教授，建立了一座地板是
玻璃做成的大图书馆。

　　1931年，罗家伦接掌中央大学时，正当日军欺境，
国难当头。罗家伦出任中央大学校长，可说是"受任
于动乱之际，奉命于危难之间"，因为此时的中央大学
仍漂荡在"易长风潮"的余波之中。同年10月，中央
大学校长张乃燕由于经费等原因而辞职。年底，中山

大学校长朱家骅调任中央大学校长。朱家骅身为国民党中央执行委员，曾任广东省政府常务委员会代主席，禀承当局旨意行事，压制学生抗日爱国运动，为师生所反感。1931年九一八事变后，因中大学生怒打对外无能、对内傲慢的外交部长王正廷；冲击首都卫戍司令部；围攻中央党部要求出兵抗日；捣砸诋毁学生运动的《中央日报》馆，校长朱家骅引咎辞职（同月即被任命为教育部长）。

1932年1月8日国民政府任命桂崇基为中大校长，为学生所反对，月底即辞职。于是政府改任原中国科学社社长任鸿隽为中大校长，任其却坚辞不就，校务便由法学院院长刘光华代理。6月间刘光华又辞代理职务，以致校政无人，陷于混乱。此时中大全体教师因索欠薪，宣布"总请假"，发生"索薪事件"。6月底，行政院委派教育部政务次长段锡朋为中大代理校长，学生因"反对政客式人物来当校长"而对段群起殴辱。最高当局甚为震怒，为此解散了中央大

恽代英——武汉学运灵魂

学，教育部派员接收中大，教员予以解聘，学生听候甄别。7月上旬，行政院议决蔡元培、李四光、钱天鹤、顾孟余、竺可桢、张道藩、罗家伦、周鲠生、谭伯羽、俞大维为中大整理委员会委员，整理

THE COMPLETE WORKS OF COCHING CHU

上海科技教育出版社

期间由李四光代行校长职务。可见，罗家伦之所以能出任中央大学校长，固然是得到了蒋介石的信任与器重，可另一方面，也与他"五四"学生领袖的形象、"五四"善后处理中的个人魅力乃至其独特的留学经历有关。这样的校长客观上易为学生所接受，于是，中大这场"易长风潮"，便以罗家伦的到任而告平息。罗家伦在中央大学进行了一系列积极而卓有成效的改革。

1932年9月5日，罗家伦到校视事。聘任孙本文、张广舆为教务长和总务长，以接替竺可桢和钱天鹤在整理期间所担任的职务，确定文学院院长汪东等人为甄别考试委员，接着，便公布了教育部批准的学生甄别实施办法8条，通过甄别考试，开除学生19名，合

格的学生于10月11日全部返校，中大重新开始授课。在全校大会上，罗家伦作了颇有影响的《中央大学之使命》的就职演说，陈述其出任校长的远大抱负和治校方略。

罗家伦认为当时中国的国难异常严重，中华民族已濒临死亡，作为设在首都的国立大学，当然对民族和国家应尽到特殊的责任和使命。这个使命就是"为中国建立有机体的民族文化"。他认为，当时中国的危机不仅是政治和社会的腐败，而最重要的却在于没有一种"足以振起整个的民族精神"的文化。罗家伦曾先后留学柏林大学、巴黎大学、伦敦大学等世界著名学府，在他心目中，这些大学都是各国民族精神的体现，代表了各自"民族的灵魂"。罗家伦志在要中大承担起"创立民族文化的使命"，"成为复兴民族大业的参谋本部"。否则，"便失掉大学存在的意义"，而要负起上述使命，他认为一是要具有复兴中华民族的共同意

徐志摩先生

识；二是要使各方面的
努力协调在这一共同意
识之中。在有了这样的
意识之下，罗家伦宣布
了他的6字治校方略：
"欲谋中央大学之重建，
必循'安定'、'充实'、
'发展'三时期以进。"这
就是首先要创造一个"安

陈潭秋先生

定"的教学环境，再进行师资、课程、设备诸方面的
"充实"，以求得学校的"发展"。他预计每个时期大
约需要3年。同时他又辩证地提出，"在安定的时期
应当有所充实；充实时期应亟谋发展；就是到了发展
时期，也还应当安定。"而欲达上述之目的，罗家伦
认为就必须养成新的学风。于是，提出了"诚、朴、
雄、伟"四个字的新学风。"诚"，就是对学问要有
诚意，不把学问当作升官发财的途径和获取文凭的工
具；对于"使命"，更要有诚意，应向着认定的目标
义无反顾走去；"朴"，就是质朴和朴实的意思，不
以学问当门面、作装饰，不能尚纤巧，重浮华，让青
春光阴虚耗在时髦的小册子、短文章上面，而是要埋
头用功，不计名利，在学问上作长期艰苦的努力，因

为"唯崇实而用笨功，才能树立起朴厚的学术气象"；"雄"，是大无畏的雄，以纠中华民族自宋朝南渡以后的柔弱萎靡之风，而要挽转一切纤细文弱的颓风，就必须从善养吾浩然正气入手，以大雄无畏相尚，男子要有丈夫气，女亦须无病态；"伟"，是伟大崇高的意思，要集中精力，放开眼界，努力做出几件大的事业来，既不可偏狭小巧，存门户之见，又不能故步自封，恰然自满。本着这样的思想，罗家伦认为，大学校长的首要之举是聘人。

因此，他一上任，整顿校务的第一步就是从延聘师资入手。一方面他极为挽留原有良好教师；一方面随时添聘专门学者。当时大学的教师分专任和兼任两种，而罗家伦则主张教师队伍以专任为主，其原则是

李四光

"凡可请其专任者，莫不请其专"，以求其心无二用，专心在中大授课。数年之后，中大兼任教师即由110人减至34人。而这些为数不多的兼任教员，均为某一学科的专家，为政府或其它学术机关所倚重，

邓中夏

"本校所欲罗致而事实上又不可能者"。他就职后，同师生发表《中央大学之使命》讲词中提出："创造一种新的精神，养成一种新的风气，以达到一个大学对于民族的使命。"除了充实图书仪器外，他还特别注重教学人才的坚强阵容。为了网罗真正的贤才，他绝不出卖人情，为此还得罪不少人呢！由于他的用心求访人才，礼贤下士，所以能请到北洋大学出身、后来留美成绩极为优异的卢孝侯为工学院院长。

1937年应邀参加蒋介石召集庐山谈话，罗家伦返校后，立即作迁校计划，在敌人炮火炸弹中，包用民生公司轮船，陆续将在南京的一个大学全体师生和眷属及全部设备，用船载运溯江抵达重庆沙坪坝新校舍，继续正常上课，这在中国的教育史上真是史无前例！1938年，中央大学学生人数激增到2 000人以上，沙坪坝校址已达饱和状态，于是选择风景清幽的柏溪作为分校。

1940年6月27日到7月4日，一个星期间校舍被轰炸了3次，20几所房子被毁坏，罗家伦办公室的瓦墙都没了，在夏天烈阳下，他照常和同仁在只有一面墙壁的房子里办公，仿佛犹太民族的"哭墙"一般。罗家伦曾撰写《炸弹下长大的中央大学》一文激励学校师生："我们抗战，是武力对武力，教育对教育，大学对大学，中央大学所对着的，是日本东京帝国大学。"这是多么有气魄的壮士豪语啊！1941年8月，罗家伦请辞中央大学校长，由教育工作岗位转向党政工作。

1943年，政府积极建设西北地区，以增强抗战能力，派罗家伦为监察使，兼西北考察团长，从事陕西、甘肃、宁夏、新疆5省国防建设的考察与设计。

1947年，政府任命罗家伦为首任驻印度大使（印度脱离英国独立）。到任后，他很用心去了解印度的文化、历史、政情，并致力于中、印文化交流。当时印度总理尼赫鲁之下的政要、国会议员等经常来请教罗家伦，印度的宪法有些即是仿自我国宪法，印度国旗本想以甘地革命时期纺织土布的纺纱机做图案。罗家

"五四运动"学生精英——诗人闻一多

伦建议去掉木头架子，只剩一个圆轮，表示生生不息之义，他们欣然接受了。

1949年，共产党的赤焰在国际上逐日蔓延，12月30日，印度宣布承认中共政权。罗家伦基于"君子绝交，不出恶声"的古训，发表极简短的声明："在两年八个月以前，我带了我政府和人民热烈的希望到印度来，催促象征印度独立的及早实现，就这方面来说，我的使命是达到了，我很高兴，印度现在是自由的、独立的。"1951年1月25日，罗家伦离开新德里前夕，特偕甘地的媳妇孙儿孙女到甘地的火葬场上，放了一个花圈，行了一个礼后，静默无言地站了一分钟，隔

反帝反封建运动

——五四青年的爱国故事

被关押的学生

天即飞加尔各答转道抵台北。罗家伦自印返台后，定居台北，担任党史会主任委员。1958年，担任国史馆馆长。1968年，罗家伦记忆力急剧衰退，以身体不适请辞两项职务。

1919年5月4日上午10点，北京大学外文系学生罗家伦刚从城外到北大新潮社，准备去天安门游行，同学狄福鼎推门进来，说："今天的运动不能没有宣言，北京八校同学推我们北大起稿，你来执笔吧！"罗家伦见时间紧迫，也不推辞，就站在一张长桌边，匆匆起草，15分钟写成《北京学界全体宣言》。罗家伦回忆此事时说："像面临紧急事件，心情万分紧张，但注意力非常集中，虽然社里人来人往，很是嘈杂，我却好像完全没有留意，写成后也没修改过。"宣言写成，立即交北大教员辛白办的老百姓印刷所，原计划印5万份，结果到下午1点才印了两万份，马上去街头散发。

这份宣言是"五四"那天唯一的印刷品，它言辞铮铮："现在日本在"和会"上要求并吞青岛，管理山东一切权利，就要成功了！他们的外交大胜利了！我们的外交大失败了！山东大势一去，就是破坏中国的领土！中国的领土破坏，中国就亡了！所以我们的学界今天排队游行，到各公使馆去，要求各国出来维持公理。务望全国工商各界，一律起来，设法开国民大会，外争主权，内除国贼，中国存亡就在此举了！今与全国同胞立两条信条道：

中国的土地可以征服不可以断送！
中国的人们可以杀戮不可以低头！
国亡了，同胞起来呀！

当天学生队伍游行到东交民巷时，被外国使馆外的警察阻拦，于是学生推举出包括罗家伦在内的四名代表，向各国使馆递送声明书。5月5日，罗家伦为被捕学生到处奔走营救。第二天下午3点，学

反帝反封建运动

五四青年的爱国故事

《每周评论》

生全体大会在北大法科大礼堂举行，3000多名各学校代表参加，通过了上书大总统和教育部同时通电罢课的决议。当时罗家伦在北大学联负责总务和文书，他在会上报告说，学生运动成功地争取到了商人和新闻界的支持，并介绍被捕学生情况。他被推为北京学生届的代表，前往南京、上海等地与当地的大学联络，并在上海参加了全国学生联合会成立大会。

据胡适回忆，"五四运动"这个名词是罗家伦最早提出来的（胡适《纪念"五四"》），他在1919年5月26日的《每周评论》第23期上用"毅"的笔名发表了一篇文章，题目就叫《五四运动的精神》。

外交经历

在二次世界大战后，印度脱离英国，1947年罗家伦任中华民国第一任驻印大使。一次使馆晚宴，被邀的尼赫鲁（印度政府总理）和胞妹逾时很久才到，说是因国会开会刚散，罗家伦问讨论何事，他们说讨论到印度国旗问题，辩论了许久，倾向于沿用甘地对英不合作运动时代所用的旗子，它以绿、白和橘红三横条作底子，中间安放甘地土布运动的纺车（甘地认为家家妇女所心爱而且为其生命所寄托）。

罗家伦尽管知道在那神话甘地时期来批评他的得意之作是犯大忌的，可是对于自己认为正确见解的隐藏是对真理和朋友的不忠实。罗家伦迟疑了一下说："我是一个中国来的大使，如何可以评议你们有历史性的新国旗呢？""我们一定要知道您所代表的经验和智慧。"在场的印度朋友异口同声。罗家伦说："一个像印度这样疆域广而人口众多国家的国旗，最好要使散步在各区的人们，看到政府颁布的图案和说明，就能按照仿制，不致错误。甘地的纺车虽简单，但棍棒等件仍然很多，各处仿制，很难合乎比例，将来势必不能一致。国旗不易标准化，是不方便的，这是我所持的第一个理由；我知道甘地抵制英货的纺织土布运动，自有印度独立史上的意义，可是印度要建国，必须要现代化，断不能停滞在手纺脚勾的原始土车上，土车时代过去了，就在当时，它也不过起到了有限的作用，何必把它延长到重建印度的影响，这是我持的第二个理由。"说到这里，所有人听着都频频点头称是。致力研究印度文化、历史、政情的罗家伦，又说出了第三个理由："何不主张将你们历史上和艺术上著名的阿青王轮放在中间呢？阿青王轮虽有许多轮齿，可是都是按一定几何图案的比例，不但容易绘成，而且民间处处都有现代的印本。它正位于国旗中间，实属最美丽，又深切地富于含义，更易普及。这件有代表印度统一性的古迹，其历史性岂不比纺车更悠久吗?"在座的人都点头大笑起来，称赞这是最有价值的意见。尼赫鲁先在沉思，继而也频频点头。

这是一个有趣的场合，以一个中国大使来建议驻在国国旗形态，而且印度也是有悠久文化的国家，恐怕是史无前例的。

罗家伦的代表著作有《新人生观》《逝者如斯集》《新民族观》《文化教育与青年》《科学与立学》《疾风》《耕云集》《心影邀游踪集》《中华民国开国50年文献》《革命文献》《国事百年诞辰纪念丛书》。

五四青年节的来历

五四青年节是由"五四运动"这个故事而诞生的，是为纪念1919年5月4日中国学生爱国运动而设立的节日。

1919年5月4日，北京的青年学生为了抗议帝国主义国家在"巴黎和会"上支持日本对我国的侵略行动，举行了声势浩大的游行示威，最后发展成为全国人民参加的反帝反封建的爱国运动。"五四运动"表现了中国人民保卫民族独立与争取民主自由的坚强意志，标志着中国新民主主义革命的开始。

五四青年节的确定

"五四运动"是中国近代史上一次彻底的不妥协的反帝反封建运动，它的胜利成为中国新民主主义革命的开端。为继承和发扬"五四运动"的爱国、民主、科学精神，1939年，陕甘宁边

五四纪念章

区西北青年救国联合会规定5月4日为中青年节。1949年12月，中国中央人民政府政务院正式宣布5月4日为中国青年节。青年节期间，中国各地都要举行丰富多彩的纪念活动，青年们还要集中进行各种社会志愿和社会实践活动，还有许多地方在青年节期间举行成人仪式。

按照国务院公布的《全国年节及纪念日放假办法》的规定："青年节（5月4日），14周岁以上的青年放假半天，"但这一规定没有明确放假适用人群的年龄上限。

2008年4月，经国务院法制办同意，"青年节"放假适用人群为14至28周岁的青年，将有3亿多年龄在14至28周岁之间的青年可以依法在青年节这天享受到半天的假期，感受到社会对青年的关爱。

《办法》指出，各部门和各用人单位应自觉遵守非强制执行《全国年节及纪念日放假办法》的规定，切实保障青年的休假权利。

附：大事记节

4月24日，梁启超致电国民外交协会，发布归还青岛通电。

4月29日至30日，"巴黎和会"代表参加会议，"凡尔赛和约"关于山东问题条款"第156、157、158条"，德国在山东权益让与日本。

5月1日，中国谈判代表、外交总长陆征祥将此事电告北京政府，并称如不签约，则对撤废领事裁判权、取消庚子赔款、关税自主及赔偿损失等等有所不利。北京政府外交委员会（总统府智囊机构）召开紧急会议，决定不签约。上海《大陆报》"北京通讯"："政府接巴黎中国代表团来电，谓关于索还胶州租借之对日外交战争，业已失败。"

5月2日，北京政府密电中国代表可以签约。外交委员会事务长林长民在《晨报》《国民公报》撰文："山东亡矣，国将不国矣，愿合四万万众誓死图之。"蔡元培将外交失败转报学生。

5月3日，北京各界紧急磋商对策。当晚北大学生在北河沿北大法科礼堂召开学生大会，并约请北京13所中等以上学校代表参加，大会决定于4日（星期天）在天安门举行示威游行。

　　5月4日上午10时，各校学生召开碰头会，商定游行路线。下午1时，北京学生3000余人汇集天安门，现场悬挂北大学生"还我青岛"血书。队伍向使馆区进发，受到巡捕阻拦，学生代表要求会见四国公使，仅美国使馆人员接受了学生的陈辞书，英、法、意使馆均拒绝接受，随后发生学生大规模游行。

　　5月5日，北京各大专学校总罢课，清华学生宣布"从今日起与各校一致行动"。以蔡元培为首的校长团斡旋，被捕学生返校，学生复课。

　　5月7日，上海60多个团体举行国民大会。

　　5月9日，蔡元培出走，上海各学校全部罢课。

　　5月11日，上海学生联合会成立，北京各大专学校教职联合会成立。

反帝反封建运动
——五四青年的爱国故事

5月13日，北京各大专校长递交辞呈。

5月19日，北京25000名学生再次总罢课，之后开展演讲、抵制日货、发行爱国日刊等活动，组织"护鲁义勇队"。

6月1日，政府查禁联合会。

6月3日，北京学生因政府为曹、章、陆辩护，举行大规模街头演讲，当日170多名学生被捕。

6月4日，北京学生出动比3日多一倍的人数上街演讲，当日700多名学生被捕。

6月5日，全国各大城市罢课、罢工、罢市，声援北京学生的爱国运动，被监禁的学生获释。

6月6日至8日，罢工规模扩大。

6月9日，南京路工人示威。

6月10日，北京政府撤销曹、章、陆职务。

6月11日，总统提出辞职。

6月12日，商人开市。

6月17日，北京政府致电专使在和约上签字。

6月23日，徐世昌会见山东各界代表，表示政府已电令陆征祥从缓签字。

　　6月27日，京津学生、留日留美学生请愿。

　　6月28日，北京商学界代表再次请愿，中国全权代表陆征祥拒绝在和约上签字。

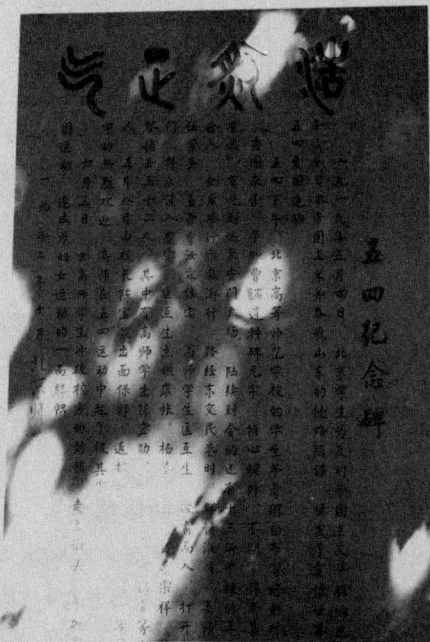

反帝反封建运动

——五四青年的爱国故事

中华魂·百部爱国故事丛书
提　要

《誓与禁烟相始终——民族英雄林则徐》

林则徐严禁鸦片，坚决抵抗西方列强的侵略，坚持维护国家主权和民族利益。他是中国近代历史上第一位睁眼看世界的人，是抗击帝国主义殖民侵略的第一人，是中华民族抵御外侮过程中伟大的民族英雄。

《血洒虎门御敌寇——抗英将军关天培》

民族英雄关天培，在第一次鸦片战争中为了抗击英国侵略者的入侵而血洒虎门，为国捐躯，谱写了一曲可歌可泣的英雄赞歌。关天培用他的生命，书写了中国人民反抗外侮的历史。

《威震镇海靖节魂——抗敌英雄裕谦》

在第一次鸦片战争期间的众多牺牲者中，有一位官阶最高，他就是两江总督裕谦。裕谦与外国侵略者斗争立场坚定，与国内妥协派、投降派斗争态度坚决。裕谦督战镇海，与英国侵略军浴血奋战，临危不惧，以身报国，浩气长存。

《斩邪留正解民悬——太平天国领袖洪秀全》

农民出身的洪秀全，从失意文人到起义领袖，经历了长期的思想演变过程，在外敌入侵、清朝政府腐朽的历史环境之下，顺应时代的潮流，成长为一位非凡的历史英雄人物，建立了与清朝政府相抗衡的农民政权——太平天国。

《仰承汉唐　荟萃中外——近代数学家李善兰》

李善兰是我国19世纪重要的科学家之一，在数学、天文学、力学等方面都有重大建树。他继承了我国古代数学的成就，又以极大的热情传播西方科学文化，"仰承汉唐，荟萃中外"，把自己的一生献给了科学事业。

《严谨治学　勇于探索——近代著名数学家华蘅芳》

华蘅芳，中国近代数学家之一。其精通中国古算学，并熟练掌握西方近代数学，是中国验证抛物线并著书立说的参与者。为了证明"外国有的，中国也能造"而鞠躬尽瘁，在引进西方科学技术、传播科学知识上贡献卓著。

《折冲樽俎护山河——近代著名外交家曾纪泽》

曾纪泽是中国近代史上著名的爱国外交家，在中俄伊犁交涉事件中，他秉承抵抗列强、保卫国家的坚定意志，利用外交手段全力同沙俄抗争，捍卫了国家主权、民族尊严，收回了祖国的领土，在近代中国外交史上留下了光辉的一页。

《甲午海战留英名——民族英雄邓世昌》

邓世昌，北洋水师名将。本书以邓世昌的成长过程为线索，以代表性的历史故事为主要内容，还原真实的历史事件，突出鲜明的人物性格。邓世昌因在中日甲午海战中突出的英雄气概而名垂史册，书写了伟大的爱国主义篇章。

《誓与舰队共存亡——北洋水师提督丁汝昌》

丁汝昌处在清朝政府的腐朽和李鸿章的专断下，难以施展爱国的抱负，壮志未酬，愤恨而终。但丁汝昌为建立近代海军作出的巨大贡献，带领北洋舰队爱国官兵勇抗强敌的英雄事迹，将永远为后代所传颂。

《镇南关上凯歌扬——抗法老英雄冯子材》

1885年中法战争中，年逾古稀的冯子材为抵御外国侵略，勇赴国难，大败法军于镇南关，并乘胜追击，接连收复文渊、谅山等地，从根本上扭转了中法战争的局面，成为近代民族英雄的杰出代表。

《屡败法军逞英豪——黑旗军将领刘永福》

刘永福是黑旗军的创建者，是农民出身的杰出军事家、政治活动家。在19世纪发生的援越抗法、中法战争中，他率部与帝国主义侵略者进行了殊死的战斗，建立了卓越的功勋，成为我国近代史上著名的民族英雄，为后世所景仰。

《矢志变法强国家——戊戌变法领袖康有为》

康有为是清末民初最有影响力的思想家之一。他领导了中国知识界的启蒙运动，掀起了一场自上而下的政体改革。他最早在中国提出了立宪政体和具体的宪政方案，主张在坚持儒家传统和帝制的前提下，学习西方经验，他的进步思想对近代中国具有深远的影响。

《开民智以报国　普新知而图强——戊戌变法思想家梁启超》

梁启超，中国近代史上著名的政治活动家、启蒙思想家、史学家、文学家，戊戌变法领袖之一。本书以百日维新思想家梁启超的成长过程为线索，以代表性的历史故事为主要内容，还原真实的历史事件，突出鲜明的人物性格。

《我白横刀向天笑——维新志士谭嗣同》

谭嗣同在民族危机的严重时刻，投身改革救中国的洪流。为了带给祖国一个光明的未来，紧要关头，他挺身而出，用自己的鲜血激励后人，把宝贵的生命献给了变法事业。

《睡乡敢遣警世钟——用生命警策国人的陈天华》

陈天华是民主革命的活动家和宣传家。他写的《猛回头》《警世钟》等书，起到了革命启蒙的重大作用。为了激发留日学生的爱国情怀，他不惜投海自杀，演出了近代史上感人至深的一幕，给后人留下了难忘的印象。

《革命军中马前卒——民主斗士邹容》

革命乃"至尊极高，独一无二，伟大绝伦之一目的"；它是"天演之公例，世界之公理，顺乎天而应乎人"的伟大行动。因此，必须"仗义群兴革命军"。他激情高呼："革命独子万岁！中华共和国万岁！"这就是《革命军》的作者，中国近代著名资产阶级革命宣传家邹容。

《休言女子非英物——鉴湖女侠秋瑾》

为民族解放和妇女解放而英勇斗争的秋瑾，冲破封建礼教的思想牢笼，打碎封建精神枷锁，崇仰真理，追求光明，主张共和，坚持男女平等，最终献出了自己年轻的生命。

《血溅校场　杀身成仁——民主斗士徐锡麟》

本书讲述了反清志士徐锡麟弃文从武、投身反清革命事业，最终被清政府杀害的故事。出于对国家的热爱，徐锡麟献出自己的生命，他的事迹将永远激励后人深切缅怀这位民主革命的先驱。

《生可死耳　我志长存——献身民主的禹之谟》

禹之谟，民主革命党人，同盟会会员，近代资产阶级革命家、实业家。1886年，20岁的禹之谟"提三尺剑，挟一卷书"游历四方，研究西方社会政治学说，忧国忧民之心日趋强烈。戊戌变法失败，他丢掉改良幻想，倡革命救亡之说，走上民主革命道路。

《物竞天择　适者生存——资产阶级启蒙思想家严复》

严复是中国近代著名的启蒙思想家、翻译家和教育家。他长期从事教育和翻译事业，为近代中国人才培养和思想启蒙做出了重要贡献，同时他也为中国的翻译事业和中西思想文化交流做出了重要贡献。

《辛亥革命急先锋——资产阶级革命家黄兴》

黄兴，清末民初资产阶级革命家，中华民国开国元勋。黄兴在武昌首义及辛亥革命时期的爱国表现，与孙中山闻名于当时，常被时人以"孙黄"并称。本书以资产阶级革命活动实干家黄兴的成长过程为线索，歌颂了先辈伟大的爱国主义精神。

《矢志革命　百折不回——近代民主革命家廖仲恺》

廖仲恺追随孙中山踏上了创立民国与捍卫共和制的旧民主主义革命

之路；在新民主主义革命时期，他为建立、巩固首次国共合作和实施三大政策，英勇奋斗，为国殉职，洒尽了一腔热血。

《将军拔剑南天起——护国英雄蔡锷》

蔡锷是中国近代史上的杰出军事家、爱国者。他的一生短暂而伟大。辛亥革命爆发，他毅然投身于革命洪流之中，领导云南重九起义，对武昌起义积极响应。袁世凯窃国复辟、恢复帝制的阴谋暴露出来以后，他又毅然举起了武装讨袁的旗帜。

《反帝反封建运动——五四青年的爱国故事》

五四运动是一次伟大的反帝反封建的爱国运动；是一个伟大的历史转折点；是中国人民的斗争从挫折走向胜利的一个关节点，它为中国的前进开辟了一条全新的道路，拉开了中国新民主主义革命的序幕。

《思想自由 兼容并包——著名教育家蔡元培》

蔡元培是中国近现代著名的民主革命家和教育家，一生经历风雨，却始终信守爱国和民主的政治理念，致力于废除封建主义的教育制度，奠定了我国新式教育制度的基础，为我国教育、文化、科学事业的发展做出了富有开创性的贡献。

《为国家争光 为民族争气——中国铁路之父詹天佑》

詹天佑是我国最早的杰出铁道工程师，因主持建造京张铁路而闻名中外，被誉为"中国铁路之父"。他为祖国的铁路事业贡献了毕生的精力。本书向读者展示了詹天佑热爱祖国、科技兴国的辉煌人生。

《实业救国 衣被天下——轻工之父张謇》

张謇是爱国实业家、教育家。他年轻时中过状元。过了40岁，开始投身工商实业活动中，他的名言是"富民强国之本在于工"。在南通，创办大生丝厂、银行等各种实业。并将创办实业的大部分所得投入教育。他的观点是，教育和实业一样，也是"富强之大本"。

《心向革命 追求光明——平民将军冯玉祥》

冯玉祥将军"是一位从旧军人转变而成的坚定的民主主义战士"。

抗日战争期间，他辗转各地，用实际行动积极抗战。日本战败投降后，他为了断绝美国的援蒋内战，又在美国四处演说，揭露蒋介石统治之黑暗，痛斥美国阴谋分裂中国的不良行为。

《刑场上的婚礼——革命烈士周文雍 陈铁军》

周文雍是广州起义的主要领导人之一。陈铁军出身于华侨商人家庭，却毅然投身革命洪流。1928年1月，两人接受派遣，回到广州假扮夫妻从事革命斗争，却不幸被捕。临刑前，两位烈士将敌人的枪声当作自己婚礼的礼炮，用生命和爱情谱写出一曲千古绝唱。

《星星之火 可以燎原——井冈山斗争的故事》

1927—1929年，毛泽东、朱德等老一辈革命家，在井冈山创建了农村革命根据地，进行了艰苦卓绝的斗争，建立了新型革命武装，点燃了工农武装革命之火，找到了农村包围城市最后夺取政权的中国革命的正确道路。

《新民学会的主要发起人——中国共产党早期革命家蔡和森》

蔡和森青年时期曾与毛泽东等人一起组织进步团体新民学会，参加五四运动，并在赴法国勤工俭学时研读大量马克思主义著作，回国后以满腔热忱投身革命事业，成为中国共产党早期重要的理论家和宣传家。

《威震黄浦江畔 高奏抗日壮歌——一·二八淞沪抗战》

面对日本侵略者的挑衅，十九路军在蒋光鼐、蔡廷锴的带领下，高举义旗，奋力一搏。一·二八淞沪抗战，是中国军人捍卫军人荣誉和祖国尊严所发出的吼声，谱写了一曲抗击日军侵略的英雄壮歌。

《将军恨不抗日死——慷慨就义的吉鸿昌》

在国难深重的20世纪30年代，吉鸿昌将军因拒绝执行国民党指示，坚决不打内战，被迫携眷出国"考察"。回国后，他加入中国共产党，组织了民众抗日同盟军，英勇打击日本侵略者，后于1934年11月被国民党反动派杀害。

反帝反封建运动

——五四青年的爱国故事

《献身革命　甘于清贫——梅岭忠魂方志敏》

大革命失败后，方志敏凭着"两条半步枪"起家，身经百战，创建了赣东北革命根据地和红十军。本书真实记录了方志敏投身于革命、领导红军和敌人进行艰苦卓绝斗争的经历，歌颂了烈士贫贱不移、威武不屈、献身革命的高尚品质。

《奏响中华最强音——人民音乐家聂耳》

聂耳在他有限的生命中创作了数十首革命歌曲，在抗日救亡运动中，聂耳的这些歌曲产生了广泛深远的影响。他的音乐创作为中国无产阶级革命音乐的发展指明了方向，树立了榜样。

《横眉冷对千夫指——中国文化革命主将鲁迅》

鲁迅不但是伟大的文学家，而且是伟大的思想家和伟大的革命家。在那风雨如晦的黑暗年代里，他以笔为投枪，同一切帝国主义和反动派进行了顽强的战斗，为中国人民树立了一个不朽的丰碑。他是新文化战线上的一面光辉旗帜，是我们伟大民族的灵魂。

《铁流两万五千里——红军长征的故事》

红军长征是人类历史上的一次伟大的壮举。第五次反"围剿"失败后，中国工农红军的三大主力在极端艰难的条件下，突破国民党军队的围追堵截，进行了史无前例的战略大转移，总行程达两万五千里以上。途中发生了许多动人故事，至今令人难以忘怀。

《荣辱不移革命志——创建陕北红军的刘志丹》

刘志丹是杰出的无产阶级革命家、军事家，西北红军和西北革命根据地的主要创始人之一。他一生热爱人民，追求真理，英勇善战，百折不挠，艰苦奋斗，忠心赤胆，为创建红军和革命根据地、为中国人民的解放事业建立了不可磨灭的功勋。

《英名永存北平城——爱国将领佟麟阁　赵登禹》

1937年7月28日，日军向北平郊区发动进攻。第二十九军副军长佟麟阁奉命在南苑率部与日军苦战，腿部受伤，头部被敌机炸伤，壮烈殉国。第一三二师师长赵登禹指挥部队顽强抵抗日军，右臂中弹负伤，仍继续作战。后在转移途中遭日军截击而牺牲。

《八百壮士　四行仓库铸军魂——谢晋元和他的战友们》

八一三抗战，中国军人以血肉之躯揭开全面抗战的帷幕。这是一场血战，是中国军人不屈不挠的英雄诗篇，其中的八百壮士守四行，成为这首英雄颂歌中最动人、最凄美的音符。一曲四行保卫战，铸就了不屈的军魂。

《八女投江　气贯长虹——八位抗联女战士》

抗日战争时期，以冷云为首的东北抗日联军8名女战士，为捍卫民族尊严，面对凶残的日寇，镇定自若，宁死不屈，投江殉国，表现了中华民族同敌人血战到底的英雄气概。她们的光辉形象，激励着千千万万的后来人。

《艰苦抗战　威震敌胆——著名抗日英雄杨靖宇》

杨靖宇将军是我国著名的抗日民族英雄。曾先后担任磐石游击队政治委员、东北抗日联军第一军军长兼政委、抗日联军总司令等职。领导军民对日寇坚持了长达9个年头的艰苦卓绝的斗争，最终以身殉国。

《死也不当亡国奴——镜泊抗日英雄陈翰章》

陈翰章，从1932年8月投笔从戎，直到1940年12月8日为抗击日本侵略者，战死在镜泊湖畔。他在抗日疆场上奋战了九年，他那可歌可泣的英雄事迹将为人们永世传颂。

《名将殉国　气壮山河——抗日将军张自忠》

著名抗日将领、民族英雄张自忠，生于忧患的时代，抱有"宁为百夫长，胜作一书生"的志向，经历过失败与低谷，最终成就了慷慨人生。本书主要以人物活动为主，勾画出一个真正的"民族魂"鲜活的人生，会带给读者振奋的力量。

《宁死不辱战士名——狼牙山五壮士》

1941年日寇在河北易县"扫荡"。为掩护群众和主力部队撤退，五位八路军战士毅然把敌人引上了狼牙山棋盘坨峰顶绝路。弹尽粮绝、无路可退，五位英雄纵身跳下了万丈悬崖，用生命和鲜血谱写出一曲惊天地泣鬼神的壮举。

《太行浩气传千古——抗日名将左权》

左权，中国工农红军和八路军高级指挥员，著名军事家。是八路军在抗日战场上牺牲的最高指挥员。名将阵亡，太行山为之垂首，全党为之悲痛。周恩来称他"足以为党之模范"，朱德赞誉他是"中国军事界不可多得的人才"。

《虎将兴关外　抗倭统雄师——抗联英雄赵尚志》

本书描写了久经考验的共产党员、东北抗联的创建者和主要领导人赵尚志，在艰苦卓绝的条件下，坚持抗战，威震敌胆，战功卓著，忍辱负重，忠贞不屈，为国捐躯的英雄故事，为青少年读者呈上一部爱国主义的佳作。

《黄埔之英　民族之雄——抗日名将戴安澜》

抗日名将戴安澜，先后参加保定、漕河、台儿庄、武汉、昆仑关等战役，作战英勇，屡建奇功；入缅作战，"扬威国外，藉伸正义"；守东瓜，复棠吉；殒身缅北，遗恨丛林，马革裹尸，成就了光辉的一生。

《爱国志士　民主先锋——新闻出版家邹韬奋》

本书讲述了邹韬奋献身新闻出版事业的奋斗历程，展现了一位新闻工作者坚定的革命信念和炽热的爱国主义精神，全心全意为人民服务、为读者服务的奉献精神，歌颂了他的高尚情操和优良品质。

《为抗战发出怒吼——人民音乐家冼星海》

人民音乐家冼星海，青年时期在巴黎求学，饱尝屈辱与磨难；学成后毅然回到多灾多难的祖国，用满腔热忱谱写激昂的音乐，鼓舞中华儿女的斗志；奔赴延安，谱写出不朽的名作《黄河大合唱》，发出中华民族抗日救亡的怒吼。

《全民皆兵　抗击日寇——抗日战争的故事》

中国人民进行的十四年抗战，是一百多年来中国人民反对外敌入侵第一次取得完全胜利的民族解放战争。这场战争是以国共两党合作为基础，有社会各界、各族人民、各民主党派、抗日团体、社会各阶层爱国人士和海外侨胞广泛参加的全民族抗战。

《捧着一颗心来　不带半根草去——人民教育家陶行知》

陶行知是我国现代教育史上伟大的人民教育家、教育思想家。他从青年起就立志献身教育事业，以"捧着一颗心来，不带半根草去"的赤子之心，为人民的教育事业鞠躬尽瘁。

《为民主与和平拍案而起——民主斗士闻一多》

闻一多早年与梁实秋等人发起成立清华文学社。赴美留学期间由对祖国的深深眷恋而创作著名的《七子之歌》。后在西南联大任教8年，积极投身于抗日运动和争取民主的斗争，发表了著名的《最后一次讲演》。

《铁窗难锁钢铁心——革命先烈王若飞》

王若飞是我党早期杰出的无产阶级革命家。在艰苦卓绝的斗争中，他出生入死，屡建奇功，以超人的睿智和胆略，在敌人的监狱中，同敌人展开了殊死的较量，为抗战的胜利和新中国的诞生做出了卓越的贡献。

《横扫千军　还我河山——抗联名将李兆麟》

李兆麟是东北抗日联军创建人之一，他率领抗日联军历尽千难万险与日本侵略者浴血奋战，在极其艰苦的条件下，保存了抗日联军的有生力量，为东北光复做出了重大贡献。

《锄头开出新天地——解放区大生产运动》

为了解决困难，渡过难关，党中央号召党政军民齐动手，开展大生产运动。中国共产党在其控制区域内发动的一场军队屯田和鼓励生产的群众运动，达到了自己动手丰衣足食，共度难关，既进行革命又进行生产自足的目的。

反帝反封建运动

——五四青年的爱国故事

《生的伟大　死的光荣——女英雄刘胡兰》

刘胡兰，坚贞不屈的少年女英雄。生前对我国劳动人民的解放事业无限忠诚，在敌人威胁面前，大义凛然，毫无惧色，英勇牺牲，表现了共产党员的高贵品质。

《饿死不领美国救济粮——爱国知识分子的楷模朱自清》

朱自清作为爱国知识分子的典型，以锐利的笔锋直言痛斥反动政府的暴行，体现了他崇高的爱国情怀和不畏恶势力的精神品格。毛泽东曾给朱自清先生以高度评价："一身重病，宁可饿死，不领美国的'救济粮'"，"表现了我们民族的英雄气概"。

《为了新中国前进——舍身炸碉堡的董存瑞》

伟大的英雄，中国人民的儿子董存瑞，从儿童团长成长为一名光荣的解放军战士，在1948年解放隆化县城时，舍身炸碉堡，为新中国献出了自己年轻的生命。他的英雄形象永远留在人民心里。

《宁死不屈的共产党员——革命烈士江竹筠》

江竹筠，就是著名的江姐。1947年春，她负责《挺进报》工作，只几个月的时间，报纸就发行到1600多份，引起了敌人的极大恐慌。由于叛徒出卖，江姐不幸被捕，惨遭毒刑的残酷折磨，仍坚贞不屈。最后被特务秘密枪杀，年仅29岁。

《抗美援朝　保家卫国——志愿军的战斗故事》

抗美援朝战争是中国人民志愿军为援助朝鲜人民、保卫祖国安全，与美国为首的"联合国军"发生的战争。在朝鲜牺牲的志愿军烈士们，他们英勇的战斗事迹、保家卫国的精神值得我们发扬光大。

《上甘岭上壮烈歌——黄继光和他的战友们》

在1952年10月的上甘岭战役中，黄继光和他的战友们在零号阵地半山腰被敌人机枪火力点压制，此时，黄继光身上已经多处负伤，手雷也已全部用光。为了完成任务，减少战友的伤亡，他用自己的胸膛堵住正在扫射的敌机枪射孔，为反击部队扫清了前进的道路。

《诗书印画　全入神品——国画大师齐白石》

　　齐白石出身贫寒，做过农活，当过木匠，后改学雕花木工，从民间画工人手，摹古人真迹，学诗文书法，融汇古今，而诗、书、印、画俱佳；他将中国画的精神与时代的精神统一得完美无瑕，使中国画得到国际的重视，无愧于"国画大师"的称号。

《毕生为文化而奋斗——中国第一出版家张元济》

　　张元济参与、主持和督导商务印书馆近六十年，使其从简单的印刷企业转变为当时中国教育出版的旗帜。张元济一生爱书，在中华大地动荡不安的年代里，他用自己对文化的热爱，续存着中华民族灿烂悠久的文明之光。

《独树一帜　梨园大师——著名京剧表演艺术家梅兰芳》

　　梅兰芳，京剧大师，演唱风格独树一帜，世称"梅派"。曾先后赴日本、美国、苏联演出，并荣获美国波摩那学院和南加州大学的荣誉文学博士学位。作为一位爱国者，抗战期间蓄须明志，拒绝为日本人演出，为后世称颂。

《华侨旗帜　民族光辉——爱国侨领陈嘉庚》

　　陈嘉庚是著名的爱国华侨领袖、企业家、教育家、慈善家、社会活动家。他为辛亥革命、民族教育、抗日战争、解放战争、新中国的建设做出了卓越的贡献。生前被毛泽东誉为"华侨旗帜、民族光辉"。

《向雷锋同志学习——伟大的共产主义战士雷锋》

　　雷锋，一个平凡而伟大的共产主义战士，一心向着党，一生秉承着全心全意为人民服务、无私奉献的崇高思想；发扬刻苦学习和钻研理论的"钉子"精神；坚持勤俭节约、艰苦奋斗的优良作风。毛泽东为其题词："向雷锋同志学习。"

《人民的好公仆——县委书记的好榜样焦裕禄》

　　焦裕禄，被誉为县委书记的好榜样。他用自己的革命精神，展开了与大自然、与社会落后现象、与病魔的多重抗争，让我们领略到一个共产党人的生之伟大、死之壮美的人格品质和具有现实教育意义的精神魅力。

《文学巨匠　京味大师——人民作家老舍》

老舍是我国现代小说家、文学家、戏剧家。他用融入骨髓的真诚文字反映生活的喜怒哀乐。老舍的一生，总是在忘我地工作，他是文艺界当之无愧的"劳动模范"，生前被北京市人民政府授予"人民艺术家"的称号。

《革命老人——无产阶级教育家徐特立》

徐特立是一代伟人毛泽东的老师。他出生在贫苦家庭，大部分时间生活在动荡艰苦的年代；他刻苦勤奋，不畏艰辛，追求光明，一生勤俭，为革命培养了大量的人才；他对党和人民任劳任怨，鞠躬尽瘁。他坎坷奋斗的一生，留下了许多可歌可泣的故事。

《人生能有几回搏——新中国第一个世界冠军容国团》

容国团先后担任中国乒乓球队运动员、女队主教练。获得1959年男子单打世界冠军；1961年夺得男子团体世界冠军；作为中国女队主教练，1965年率女队第一次夺得女子团体世界冠军。他的"人生能有几回搏"的豪言，举国传诵。

《石油工人一声吼　地球也要抖三抖——铁人王进喜》

王进喜，新中国第一批石油钻探工人。他为祖国石油工业的发展和社会主义建设立下了不朽的功勋，在创造了巨大物质财富的同时，还给我们留下了宝贵的精神财富——铁人精神。他被评为"百年中国十大人物"，写入中华民族的光辉史册。

《做人民需要我做的事——著名地质学家李四光》

李四光是一位伟大的科学家，他一生从事地质学研究工作，足迹遍布祖国的山川，为祖国探明了许多地下宝藏；他创建了崭新的学说——地质力学；他历尽重重困难，为正确认识地质构造开辟了一条新路。

《中国化学工业的先驱——著名化学家侯德榜》

为摆脱纯碱需要进口的窘况，20世纪初，怀着"实业救国"梦想的中国化工先驱侯德榜等人创办了永利碱厂，并立志生产出中国人自己的碱。1926年，永利碱厂终于成功地生产出"红三角"牌纯碱，从此中国制碱业得以跨入世界先进行列。

《毕生求是 一丝不苟——著名科学家竺可桢》

著名科学家竺可桢献身科学研究；治学严谨，一丝不苟；一生廉洁，两袖清风；作风民主，爱护学生。他以爱国之心、报国之志，从一个民主主义者逐渐成长为一个共产主义战士。

《热爱自然的大地之子——著名植物学家蔡希陶》

蔡希陶，五十载风雨，五十载坎坷，五十载奋斗，五十载开拓，为了发现对人类生产、生活有用的植物及新物种的引进而做出巨大贡献，在中国的植物资源学史上将永远镌刻着他的名字。

《高洁无私的襟怀——知识分子的楷模蒋筑英》

蒋筑英是中国当代知识分子的先锋典范，他不为名，不为利，尊重科学；他以坚忍的毅力和顽强的作风，在科学的道路上呕心沥血，鞠躬尽瘁，无私地奉献了青春和生命。

《迎接新生命的天使——卓越的妇产科专家林巧稚》

林巧稚是国内外享有盛誉的妇产科专家。在五十多年的医学教育和临床实践中，林巧稚亲自接生了五万多婴儿，治愈了数千病人，培养了数以百计的专门人才，为我国的妇女儿童事业做出了不可磨灭的贡献。

《独自成千古 悠然寄一丘——国画大师张大千》

张大千是20世纪中国画坛最具传奇色彩的国画大师，无论是绘画、书法、篆刻、诗词无所不通。在艺术界深得敬仰和追捧，艺术家们用真挚的感情，用绘画和雕塑展现了"张大千"多彩的艺术形象。

《建造中国的通天塔——著名数学家华罗庚》

中国当代著名数学家华罗庚，为中国数学的发展做出了无与伦比的贡献，他是中国解析数论、典型群、矩阵几何等多方面研究的创始人与开拓者，也是我国最早将数学理论研究与生产实践紧密结合的科学家。

《问鼎长天　强我国威——两弹元勋邓稼先》

邓稼先是我国著名科学家，参加组织和领导我国核武器的研究、设计工作，从对原子弹、氢弹原理的突破和试验成功及其武器化，到新的核武器的重大原理突破和研制试验，作出了重大贡献。是我国核武器理论研究工作的奠基者之一，被誉为"两弹元勋"。

《敢叫天堑变通途——桥梁专家茅以升》

中国著名的桥梁专家茅以升从小立志为祖国建造桥梁，经过不懈努力，他不仅设计建造了一座座宏伟壮观、坚固实用的道路桥梁，而且搭建了一座座友谊之桥，为祖国建设作出了卓越贡献。

《蘑菇云之梦——核物理学家钱三强》

被誉为"中国原子弹之父"的核物理学家钱三强，更名后立志于科技报国；24岁投师于世界著名核物理学家居里夫妇；与夫人何泽慧合作，发现铀的"三分裂""四分裂"现象；统领我国的原子大军，做了大量创造性工作。

《两离桑梓地　满怀雪域情——领导干部的楷模孔繁森》

孔繁森，是一位一尘不染、两袖清风的好干部。两次进藏工作，历时十载，为西藏的建设、发展和稳定作出了突出的贡献。1994年11月，孔繁森不幸以身殉职。人民群众称他为新时期领导干部的楷模。

《摘取数学皇冠上的明珠——著名数学家陈景润》

陈景润是享誉世界的数学家，为了证明"哥德巴赫猜想"，他以惊人的毅力在数学领域里艰苦跋涉，终于攻克了世界著名数学难题"哥德巴赫猜想"中的"1＋2"，创造了中国乃至世界数学史上的辉煌。

《学术独步　饮誉四海——享有国际威望的科学家卢嘉锡》

卢嘉锡是一位在国际科学界享有崇高威望的物理化学家、化学教育家和科技组织领导者。1945年，卢嘉锡满怀"科学救国"的热忱回到祖国，对中国原子簇化学的发展起了重要推动作用，他所指导的新技术晶体材料科学研究，也取得了重大成绩。

《德艺双馨　梨园楷模——著名豫剧表演艺术家常香玉》

常香玉1941年赴陕甘演出。1948年在西安创办香玉剧社。1951年为支援抗美援朝，率剧社巡回西北、中南、华南各地演出，以演出收入捐献"香玉剧社号"战斗机一架，素有"爱国艺人"之誉。

《文学大师　激流勇进——著名作家巴金》

本书以巴金生平和主要事迹为线索，回顾和展示现代著名作家巴金的一生，以期让人们看到巴金在这风云变幻的100多年中，有过成功的欢欣，有过屈辱的磨难，有过痛苦的忏悔，有过平静的安宁。巴金的人生，映照着一代中国五四知识分子坎坷而不平凡的命运。

《壮心系科学　孜孜为国昌——理论化学家唐敖庆》

本书讲述了唐敖庆从出国求学、学业有成、回国任教，到服从安排、艰苦工作、刻苦钻研，最终成为中国量子化学奠基者的过程。让人们看到了这位著名化学家的赤心爱国、严谨治学、大公无私的崇高品格和科研上的卓越成就。

《中国导弹之父——著名科学家钱学森》

当第一颗原子弹升空的时候，当中国的人造卫星奏响《东方红》的时候，当中国运载火箭腾空而起的时候，当中国研制的导弹准确命中目标的时候，人们都会想起他的名字：中国导弹之父钱学森。

《中国近代力学的奠基人——著名科学家钱伟长》

钱伟长曾以中文和历史两个100分的成绩考入清华大学。九一八事变后，钱伟长毅然放弃了文科的学习而转为理科。他是中国近代力学、应用数学的奠基人之一，在固体力学、流体力学以及航空航天领域，取

反帝反封建运动

——五四青年的爱国故事

得了卓越的成就，为新中国的现代化建设付出了毕生的精力。

《中国光学科学的奠基人——著名科学家王大珩》

王大珩是我国著名的科学家，中国光学科学的奠基人。他先在清华就读，后赴英国求学，学业有成，立志科学救国，其成就享誉神州。他以科学的求是精神和赤诚的爱国情怀，探索着中国光学发展的闪光之路。